W0199119

SALTO

Als Diane eines Morgens aus unruhigen Träumen erwacht, befindet sie sich in ihrem Bett, und alles um sie herum ist wie immer: fein säuberlich an seinem Platz. Die Ärzte haben ihr Hausarrest verordnet und dringend empfohlen, liegen zu bleiben, damit ihr Organismus sich gewöhnen kann. Gewöhnen an das Hasen-Genom, das sie sich freiwillig hat einpflanzen lassen, um endlich effektiver zu arbeiten und weniger zu schlafen. Denn der Druck im Büro ist enorm, die Rivalin macht keine Pause, Diane blieb keine Wahl.

Unmerklich zunächst verändert sich ihr Körper, sie wird tatsächlich schneller und entfaltet eine ganz neue Wirkung auf Männer.

Je mehr die »Häsin« in ihr zum Vorschein kommt, desto mehr sehnt sich Diane nach der Insel ihrer Kindheit.

Mireille Gagné hat eine originelle poetische Parabel über die neoliberale Leistungsgesellschaft geschrieben, gewitzt und bedenkenswert.

Mireille Gagné

Häsin in der Grube

Aus dem kanadischen Französisch
von Birgit Leib

Verlag Klaus Wagenbach Berlin

Heutzutage gibt es viele Maschinen. Früher wurde unter Einsatz der Arme hart gearbeitet. Man musste vorausschauen, sparen. Der innere Antrieb bestimmte das Leben. Man begnügte sich mit Wenigem. Aber dieses Wenige war wertvoll, weil man es fast gänzlich aus sich selbst erzeugte. Der heutige Mensch denkt beim Arbeiten an etwas anderes.

Félix-Antoine Savard

(1896–1982, Schriftsteller und Priester, Québec)

Wenn der Himmel sich von Norden her bezieht, wenn der Nordostwind bläst, wenn die Autos hupen und die Wanduhr anders klingt, dann ist schlechtes Wetter im Anmarsch.

Rosaire Gagné

(1943–2011, Jagdführer, Isle-aux-Grues)

Verhalten

Der Schneeschuhhase (Lepus americanus) *ist ein kleines Säugetier aus der Ordnung der Hasenartigen* (Lagomorpha) *und der Familie der Hasen* (Leporidae). *Er ist in Kanada und Québec weit verbreitet. Vom Kaninchen unterscheidet er sich durch seinen schlanken Körperbau und seine langen Ohren. Im Gegensatz zu seinem Verwandten ergreift der Hase bei Gefahr lieber die Flucht als sich zu verstecken, um seinen natürlichen Feinden zu entkommen. Diese Besonderheit im Verhalten ist auf sein außergewöhnlich großes Herz zurückzuführen, das ihm hilft, schnell und ausdauernd zu laufen. Außerdem ermöglichen seine breiten, von dichtem Pelz bewachsenen und an Schneeschuhe erinnernden Pfoten die ideale Fortbewegung auf Schnee. Sein Fell besitzt die erstaunliche Fähigkeit, zwei Mal pro Jahr beim Übergang der Jahreszeiten die Farbe zu wechseln, von einem beinahe makellosen Weiß im Winter zu Rostbraun im Sommer. Als eher scheuer Einzelgänger ist der Schneeschuhhase von Sonnenuntergang bis zur Morgendämmerung aktiv; tagsüber versteckt er sich oft im Gebüsch oder im Unterholz. Er gehört zu den Tieren, die am wenigsten schlafen. Von Zeit zu Zeit döst er mit halb geöffneten Augen und bleibt ständig in Alarmbereitschaft.*

Tag X + 1

Diane erwacht. Schlägt die Augen auf. Blickt sich um. Nichts hat sich verändert. Alles ist fein säuberlich an seinem Platz. Es ist 18:31 Uhr. Die Lampen auf den Nachttischchen sind eingeschaltet und verbreiten ein bläuliches Licht. Fast eisig. Die Jalousien sind heruntergelassen. Ihr Schlafzimmer blitzt vor lauter Reinheit. Nur ein schwacher Druck im Schädel erinnert an den Eingriff, dem sie sich vor Kurzem unterzogen hat.

Im Bett liegend starrt sie die Decke an. Zählt die Wände. Nacheinander. Jede einzelne der Fugen, die den Kubus dieses weitläufigen Raums bilden.

– Bleiben Sie so lange wie möglich liegen, Diane. Verstanden? Das sind die Anweisungen. Sie müssen mindestens einen Tag warten, bevor Sie auch nur den kleinen Zeh bewegen. Das Wichtigste ist, dass Sie sich ausruhen.

Doch schon nach wenigen Minuten hält sie es nicht mehr aus. Die Decke erscheint ihr zu hoch. Ihre Wände, zu glatt. Wieso hat sie sie nie tapezieren lassen? Dann hätte sie jetzt wenigstens eine Beschäftigung. Aber nein. Alles ist Ton in Ton. Weißer als weiß. Ihre Gedanken finden keine raue Stelle, an der sie sich festhalten könnten. Sie wirbeln in alle Richtungen, wie Schneeflocken, die von gewaltigen Windböen angesaugt und wieder ausgespuckt werden.

Diane ruft sich das Ärzteteam, das noch vor weniger als vierundzwanzig Stunden bei ihr im Einsatz war, ins Gedächtnis zurück. Haben die Angestellten Spuren hinterlassen, bevor sie gegangen sind? Haben sie den Fußboden beschmutzt? Ein Möbelstück verrückt? Eine Spritze vergessen? Ein Formular? Ein Apothekerfläschchen auf der Küchenarbeitsplatte? Im Vertrag war vereinbart, dass es keine Spuren geben würde.

Sie versucht sich zu entspannen, aber ihr Geist ist unruhig. Ihre Augen scheinen wacher als gewöhnlich. Wenn sie den Kopf dreht, ist es, als ob ihr Gesichtsfeld sich geweitet hätte. Irgendwie schwindelerregend. Das hatte allerdings nicht in der Liste der Nebenwirkungen gestanden. Diane fragt sich, ob es auffällt. Ob jemand in ihrem Gesicht die Veränderung ablesen könnte? Sie wird sich gründlich im Spiegel betrachten, um das zu überprüfen und sich andernfalls bemühen müssen, jegliches Anzeichen der Operation zu kaschieren.

Es gibt auch weniger Raum in ihrem Kopf. Ihre Knochen haben sich auf einmal ausgedehnt, aber nach innen. Ihre Beklommenheit prallt gegen die Wände ihres Schädels. Was, wenn die Prozedur nicht wie geplant abgelaufen ist? Wenn sie misslungen ist? Dianes Finger klimpern nervös auf den glatten Laken, suchen eine imaginäre Tastatur, die sie endlich beruhigen würde.

– Schalten Sie nicht den Fernseher ein. Keinerlei Bildschirm für mindestens eine Woche. Kein Telefon. Kein Tablet. Keine Arbeit. Lassen Sie den Virus die Zelle in Ihrem Körper multiplizieren.

Zur Untätigkeit gezwungen, sucht Diane unablässig mit den Augen das Schlafzimmer ab, um einen Ausweg zu finden. Auf einmal fällt ihr Blick auf die

Zimmertür. Diane wird klar, dass sie nicht abgesperrt ist. Der kleine Riegel steht immer noch nach oben. Das Ärzteteam muss es vergessen haben. Von Angst erfüllt schafft sie es nicht, ihre Augen von der Tür abzuwenden. Sie wird keine Ruhe finden, bevor sie nicht doppelt verriegelt ist.

– Damit dieser Eingriff gelingt, braucht Ihr Organismus Zeit, sich langsam anzupassen.

Diane versucht mit allen Mitteln, liegen zu bleiben. Doch sie schafft es nicht. Mit einem Satz springt sie aus dem Bett. Zwei Schritte später schiebt sie den Riegel durch einen energischen Druck mit dem Daumen vor. Sie wundert sich über die plötzliche Kraft in ihren Beinen. Schnell läuft sie zurück und versteckt sich unter der Bettdecke. Aber ein Schwindel ergreift sie. Ein stechender Schmerz fährt durch ihren Körper. Die Wirbelsäule. Den Hals. Das Gehirn. Eine Kugel, die beim Austritt das Fleisch zerreißt. Vom Schmerz zerschlagen fällt sie in Ohnmacht. Auf dem Bauch liegend. Mit dem Kopf zuerst. Sinkt tief auf den Grund ihres Bettes. Die Leere.

An der kleinen Klippenstufe

Eugène, du bist auf die Insel gekommen, als ich fünfzehn war. Du hattest gerade deinen sechzehnten Geburtstag gefeiert. Du warst sehr groß und gut gebaut für dein Alter. Man hätte dich fast auf zwanzig schätzen können. Lag es an deinen roten Haaren, dass ich mich nicht entscheiden konnte, ob du de facto schön oder hässlich warst? Irgendwo dazwischen. Deine Haut, übersät mit Sommersprossen, passte nicht zum Rot deiner Strickjacke, aber das schien dich nicht zu stören. Offenbar brachte dich nichts aus der Ruhe. Deine Augen, zwei schwarze Kugeln. Ich hatte noch nie so stark geweitete Pupillen gesehen. Dein kantiges und asymmetrisches Gesicht war eher hypnotisierend als angenehm anzusehen. Dir gegenüber empfand ich gleichzeitig ein Unbehagen und eine unstillbare Neugierde.

Während deine Eltern sich meinen vorstellten, sahen wir uns eindringlich an, ohne zu reden. Ich brachte noch kein Wort über die Lippen. Du warst es, der die Schleusen als Erster öffnete.

– Wusstest du, dass es zweihundert verschiedene Vogelarten auf der Insel gibt?

Bis zu dem Tag war mir dieser Umstand unbekannt gewesen. Ich kannte die meisten der auf der Insel lebenden Vögel, weil ich sie schon beobachtet hatte, aber ich wusste ihre Namen nicht. Gezählt hatte ich sie im Übrigen auch nicht.

Ich beobachtete dich im Stillen. Deine Ohren auf beiden Seiten deines Gesichts waren nicht ganz auf der gleichen Höhe. Das gab dir ein noch eigenartigeres Aussehen. Ich befand sofort, dass du nicht böse sein konntest.

– Ich habe es in einem Buch gelesen. Anscheinend gibt es hier sogar mehrere vom Aussterben bedrohte Arten. Sie sagen, dass der Fluss eine Barriere bildet, um sie zu schützen. Die Insel ist ein Refugium.

Während du diese paar Sätze aussprachst, sahst du zum Himmel, als erwartetest du von dort eine Antwort. Und während ich noch überlegte, was ich sagen könnte, redetest du weiter.

– Ich frage mich, wie es sich anfühlt, zu wissen, dass man vom Aussterben bedroht ist.

Diese Worte hallten lange über diese erste Begegnung hinaus in mir nach.

Deine Eltern hatten gerade das Nachbarhaus gekauft, ganz in der Nähe der Pointe-aux-Pins. Diesem Ort, dem höchsten auf der Insel, an dem man den Eindruck bekommt, ein weites Ausstrecken der Arme genüge, um die beiden Ufer des Stroms zusammenziehen zu können. Ich wusste, dass wir mehr als Freunde werden würden.

Du warst nicht wie alle anderen.

Am nächsten Tag klopftest du an meine Tür, als würden wir uns schon immer kennen.

– Was hältst du davon, mir heute die Insel zu zeigen?

Die Sommerferien neigten sich dem Ende zu. Bald würde die Schule wieder losgehen. Es blieben uns noch ein paar freie Tage vor Antritt der letzten Jahre in der Oberstufe. Ich übernahm die Rolle der Führerin gerne. Ich kannte die Insel in- und auswendig.

Nachdem ich schnell gefrühstückt, meine Espadrilles angezogen, Proviant und zwei Trinkflaschen in eine Tasche gestopft hatte, trat ich unter den amüsierten Blicken meiner Eltern als Erste aus der Tür. Du folgtest mir auf dem Fuß. Der Himmel war mit Schäfchenwolken übersät. Der milde Südwestwind versprach gutes Wetter.

Du hattest ein Notizbuch und eine Polaroid-Kamera mitgenommen, die dir um den Hals hing.

– Wozu soll das gut sein, Eugène?

– Für eine Dokumentation der Arten, die wir zu sehen kriegen. Ich würd gern ein Register über die vom Aussterben bedrohten Vögel erstellen. Ich fang gleich mit dir an, wo wir schon mal dabei sind. Wie heißt du mit Vornamen?

Während ich lachte, fotografiertest du mich.

– Mein Vorname ist Diane. D-I-A-N-E.

Du wartetest, wedeltest so lange mit dem Foto in der Luft herum, bis es heller wurde und stecktest es dann in dein Notizbuch. Darunter schriebst du säuberlich in Blockschrift meinen Namen. Ich war offiziell vom Aussterben bedroht. War das ein gutes Vorzeichen? Wir gingen in westlicher Richtung los. Am Ende der Asphaltstraße gab es einen Fußweg, der durch den Wald bis zum äußersten Teil der Insel führte. Nach ungefähr dreißig Minuten zu Fuß konnte man so die Molen erreichen.

Die Sonne stieg allmählich; es war noch nicht heiß. Der Wind strich über die Haut, kühl und beruhigend. Manchmal hörte man Zikaden, die abwechselnd die Stille durchbrachen. Wir gingen nebeneinander auf der Straße, schüchtern noch, schließlich bogen wir in den Wald ein. Ab und zu stelltest du mir eine Frage.

– Kommst du oft hierher, um spazieren zu gehen? Das ist wirklich ein außergewöhnlicher Ort … So was hab ich sonst nirgends gesehen.

– Ja, mein Vater legt hier seine Fallen für die Niederwildjagd aus. Ich begleite ihn oft.

Du sahst mich zuerst erstaunt an. Dann verfinsterte sich dein Gesicht, als hätte ich gerade etwas Fürchterliches gesagt. Ich wechselte schnell das Thema.

– Warum seid ihr hierhergezogen?

– Meinetwegen. Meine Eltern fanden, dass ich nicht weiter in der Stadt leben soll.

– Sie hätten es nicht besser treffen können. Auf der Insel ist es ziemlich öde.

Doch du warst nicht meiner Meinung. Hast die ganze Zeit gelächelt. Dich wie hypnotisiert überall umgesehen. Wir gingen tiefer in den Wald hinein. Wir durchquerten ihn langsam und hielten regelmäßig an, damit du einen Kranich fotografieren konntest, einen kleinen Vogel, den sie hier Gelbkralle nennen, einen Specht, Schwalben …

Meines Wissens hast du keine einzige vom Aussterben bedrohte Tierart gesehen. Trotzdem schienst du nicht enttäuscht, ganz im Gegenteil. Du schriebst alles in dein Notizbuch.

Je weiter wir auf der Insel vorwärtskamen, desto stärker drängte sich mir eine Frage auf. Obwohl ich so gut es ging versuchte, sie zurückzuhalten, entschlüpfte sie mir an jeder Biegung.

– Was ist denn falsch gelaufen in der Stadt? Ich warte nur drauf, dass ich nächstes Jahr endlich von hier wegkomme.

– Und was läuft hier auf der Insel falsch?

Ich hatte keine Antwort, Eugène.

Ich hätte dir sagen können, dass es auf dieser Insel wirklich nichts Ungewöhnliches gibt. Außer vielleicht die Einsamkeit, die sich breit macht, wenn der Winter gar nicht mehr gehen will. Zuerst ganz zaghaft, dann, von einem Tag auf den anderen, unerträglich. Und das Wetter, das Trübsal bläst. Die Insulaner, die sich zu Hause einigeln. Dazu noch das Gefühl der Bedrückung, das immer mit den Höchst- und Niedrigständen der Gezeiten wächst. Dieses Warten, das kaum auszuhalten ist. Manchmal hat man den Eindruck, gefangen zu sein, dass das Hochwasser uns nicht mehr verlassen will.

Aber ich schwieg.

Ein Unbehagen machte sich zwischen uns breit. Ich wollte nicht antworten. Du auch nicht. Also führte ich dich dorthin. Darauf warst du sicher nicht gefasst. Die Unermesslichkeit, die wie aus dem Nichts auftaucht. Nachdem wir einen Hügel hinabgerannt waren, nahmen wir eine Abzweigung nach links, und genau in dem Moment hast du den Strom zum ersten Mal in seiner ganzen Pracht gesehen. Es war Flut. Das Meer schwappte über und gewann schnell an Terrain. Es schäumte. Der Seegang ließ uns spüren, wie klein wir waren. Ich zeigte auf die Felsen uns gegenüber, die gleich überspült werden würden.

– Das Wasser flutet am Ende der Insel plötzlich große Flächen. Das ist tückisch. Wir nennen das hier die kleine Klippenstufe.

Du sahst hinüber. Danach betrachtetest du das ganze Panorama, dein Blick schweifte am Horizont entlang von West nach Ost. Auf der linken Seite erregte etwas deine Aufmerksamkeit.

– Was ist das für eine Spitze dort im Wasser?

– Ah, das ist der Rocher de l'Hôpital. Mein Vater hat mir erzählt, dass dieser Fels schon immer so hieß. Verletzte Vögel finden dort oft Zuflucht.

Du hast gelächelt und bist so nah wie möglich ans Wasser getreten. Den Blick geradeaus, ich an deiner Seite, unsere Füße in den Kieseln vergraben. Wenn man so auf den Fluss schaute, der in der Ferne schnell anschwoll, bekam man den seltsamen Eindruck sich zu bewegen.

– Glaubst du, dass es der Fluss ist, der sich bewegt, oder die Insel?

– Ich bin überzeugt, dass wir das sind. Wir treiben ab …

Mir war klar, dass du hier warst, um zu bleiben.

Tag X – 128

Sie erwacht immer zur gleichen Zeit duscht zieht sich an macht sich fertig frühstückt geht sieben Tage die Woche zur Arbeit nimmt denselben Weg redet mit niemandem außer es betrifft eine Aufgabe die sie sieben Tage die Woche ausführt hat keinerlei Kontakt außerhalb der Arbeit Einzelkind es ist mindestens fünfzehn Jahre her dass sie ihre Eltern gesehen oder mit ihnen geredet hat schuftet hart den ganzen Tag sieben Tage die Woche erledigt immer mehr Aufgaben als die anderen zeigt keinerlei Anzeichen von Müdigkeit oder Versagen in der Öffentlichkeit ist nie zufrieden mit ihrer Arbeit oder der der Kollegen oder der der Direktion nimmt sich nie Zeit fürs Mittagessen isst einen Salat ohne Salatsoße an einem freien Eckchen ihres Schreibtischs liest und überarbeitet ihre E-Mails vierzig Mal bevor sie sie versendet wartet immer eine Stunde nachdem der letzte Angestellte gegangen ist bevor sie Schluss macht geht nicht sofort nach Hause pilgert direkt ins Fitness-Studio wo sie methodisch jeden Muskel trainiert kommt sehr spät heim bereitet das Abendessen zu isst hastig genießt nichts spült ihr Geschirr des Tages ab wäscht sich erneut zieht einen sauberen Pyjama an schlüpft unter weiße Seidenbettwäsche vergewissert sich zwei Mal dass die Tür abgesperrt ist steht wieder auf um zu überprüfen ob die Kochplatten ausgeschaltet sind und legt sich schließlich wieder ins Bett braucht ewig um einzuschlafen geht alle E-Mails alle Akten alle Gespräche des Tages in Endlosschleife durch analysiert sie gründlich um am Ende den Fehler den Haken den Patzer zu finden der ihr Tag für Tag eine Grube gräbt und sie daran hindert jemals zufrieden zu sein sie strebt nach einem Leben ohne jeden Makel sie träumt von einem Tag an dem die Zeit unerschöpflich ist doch der Körper bleibt unbezähmbar nach wie vor

Ernährung

Als nahezu reiner Pflanzenfresser ernährt sich der Schneeschuhhase im Sommer vor allem von krautigen Pflanzen, insbesondere von Wicken, Erdbeerblättern, Weidenröschen, Lupinen und Glockenblumen. Daneben frisst er auch oft Blätter von Sträuchern. Im Winter hält der Hase keinen Winterschlaf. Bei starker Kälte sucht er Unterschlupf in einem Bau, den er entweder selbst gegraben hat oder von einem anderen Tier verlassen vorfindet. Er knabbert an allem, was er an essbarer Vegetation vorfindet: an kleinen Zweigen, Knospen, an der Rinde von Nadel- oder Laubbäumen. Wie alle Tiere aus der Familie der Hasen hat der Schneeschuhhase das System der Caecotrophie entwickelt, bei der er einige seiner erst vorverdauten Exkremente frisst, um die darin noch enthaltenen Nährstoffe zu verwerten. Wenn ihm keine andere Wahl bleibt, kann es vorkommen, dass er auch Fleisch zu sich nimmt, das von verendeten Artgenossen oder von anderen Tierkadavern stammt, um an eine zusätzliche Proteinquelle zu gelangen.

Tag X + 2

Diane fährt aus dem Schlaf hoch, panisch. Ihr Herz schlägt wild. Ihr Atem geht keuchend. Ihr steckt noch der Schreck, den sie soeben erlebt hat, in den Gliedern. Was hatte sie geträumt? In ihrem Gedächtnis bleibt nur eine feine, bald schon vom Wind verwehte Spur auf dem Schnee zurück. Ein unbestimmtes Gefühl einer Flucht, das sie nicht zu fassen bekommt. Sie erinnert sich an einen Wald, der sie umgab. Aber wovor lief sie weg? Vor wem? Sie versucht, ihre Atmung wieder unter Kontrolle zu bringen. Sieht, wie ihr Bauch sich unregelmäßig hebt und senkt. Ist es möglich, dass sie schneller atmet als früher? Oder hat sich etwa die Zeit beschleunigt? Sie stützt sich auf die Ellbogen, um nachzusehen, ob die Tür immer noch verriegelt ist. Ja! Diane legt sich wieder hin.

Draußen beginnt es gerade erst zu dämmern. Das Zifferblatt zeigt 5:41 Uhr. Fast eine Stunde früher als ihre gewohnte Aufwachzeit. Seltsam, sie erinnert sich nicht daran, letzte Nacht eingeschlafen zu sein. Sie ruft sich die Tür, den Riegel, diesen stechenden Kopfschmerz ins Gedächtnis zurück. Danach nichts mehr. Vielleicht ist sie in Ohnmacht gefallen?

– Wenn die Behandlung wie geplant verläuft, werden Sie die Auswirkungen auf Ihren Körper und Ihre Schlafgewohnheiten schnell bemerken. Sie werden von Nacht zu Nacht weniger schlafen.

Dieses Mal ist Diane fest entschlossen, die ärztliche

Verordnung peinlich genau zu befolgen. Sie dreht sich in ihrem Bett auf die Seite. Auf den Bauch. Schüttelt ihr Kopfkissen auf. Wirft sich hin und her. Keine Position ist wirklich bequem. Schon nach wenigen Augenblicken kapituliert sie und setzt sich auf. Sich gedulden zu müssen macht sie extrem reizbar. Ihr ist schwindlig; das Herz bleibt schwach.

Langsam stellt sie ihre Füße neben ihrem Bett auf den Boden. Es geht. Sie richtet sich auf. Das geht auch noch. Vorsichtig dreht sie eine Runde in ihrem Zimmer, eine zweite, eine dritte, um zu sehen, ob ihre Gliedmaßen sie tragen. Es geht. Sie zieht die Jalousien hoch. Schließt die Lider vor Schmerz. Weiß nicht, was sie mit so viel Licht anfangen soll. Ihre Regenbogenhäute sind offensichtlich sensibler als früher. Sie öffnet die Augen einen Spalt, damit sie sich an die Helligkeit gewöhnen können. Draußen scheint noch alles zu schlafen. Diane mochte diese Tageszeit schon immer am liebsten: die Morgendämmerung. Dieses Gefühl, früher als alle anderen wach zu sein. Mehr Zeit zu haben. Mehr Kontrolle. Ein diskreter Vorteil, den man in sich trägt wie leuchtend rote Unterwäsche unter einem blickdichten Oberteil.

– Es werden bestimmt Nebenwirkungen auftreten, körperliche oder emotionale, die Sie bitte während Ihrer gesamten Konvaleszenz-Phase systematisch notieren. Einige davon werden Ihnen merkwürdig vorkommen oder Sie werden sie nicht in der Liste der bekannten Nebenwirkungen finden. Es ist sehr wichtig, dass Sie uns diese mitteilen. Das wird uns dabei helfen, das postoperative Konzept zu verbessern. Wir können im Übrigen nächste Woche bei der Routineuntersuchung darüber sprechen.

Diane seufzt. Sie ist viel zu durcheinander, um irgendetwas in ein Notizbuch zu schreiben. Immer noch am Fenster stehend beobachtet sie ihr Viertel. Es gibt kaum Bäume. Ein kümmerliches Bäumchen streckt ein paar Äste in den Himmel. Der strenge Winter hat ihm wohl sehr zugesetzt. Dann überquert ein Mann eiligen Schritts die Straße. Fast sieht es aus, als würde er rennen. Ob er wohl um diese Zeit nach Hause kommt oder irgendwohin geht? Und jetzt verschwindet er zwischen zwei Gebäuden. Diane verliert seine Spur. Schade.

Ein dumpfes Grummeln bringt sie in die Realität zurück. Ihr Bauch. Bestimmt der Hunger. Stimmt ja, dass sie seit mehr als einem Tag nichts gegessen hat. Vor der Operation musste sie mindestens zwölf Stunden nüchtern sein. Diane wendet sich der Schlafzimmertür zu. Noch während sie naiv daran denkt, sich dorthin zu bewegen, den Türknauf zu drehen und hinauszugehen, überfällt sie die Angst. Mit einem Mal schaltet ihr Körper auf stur. Eine Steifheit, die sie noch nie gespürt hat. Metall anstelle von Knochen. Sie ruft sich zur Vernunft. Versucht sich zusammenzureißen. Setzt mit großer Mühe einen Fuß vor den anderen. Legt schließlich benommen eine Hand auf den Knauf. Entriegelt die Tür und öffnet sie. Mit zitternden Händen wiederholt sie wie ein Mantra:

– Ich bin in Sicherheit. Ich bin in Sicherheit. Ich bin in Sicherheit.

Bis sie sich wieder im Griff hat, bleibt sie so in der halb geöffneten Tür stehen, unfähig, hindurchzugehen. Sie tastet das Wohnzimmer mit den Augen ab. Alles scheint an seinem Platz zu sein. Keine Spur von der Operation. Nichts wurde liegen gelassen. Das

Ärzteteam hat den Vertrag erfüllt. Das beruhigt sie. Sie geht langsam zur Küche, schlurfend, um ihr Gleichgewicht besser zu halten. Aus dem Vorratsschrank nimmt sie zwei Brotscheiben, die sie in den Toaster steckt. Dann macht sie den Kühlschrank auf. Greift nach einem Becher Fleischpastete, wie gewöhnlich. Bekommt jedoch einen Würgereiz. Sie überlegt es sich anders und nimmt lieber ein Glas Erdbeermarmelade. Sie bestreicht ihre Toasts. In dem Moment, in dem sie instinktiv den Fernseher einschalten will, um die Nachrichten zu sehen, erinnert sie sich:

– Keinerlei Bildschirm für mindestens eine Woche.

Frust.

Diane isst ohne großen Appetit. Angewidert bereitet sie sich anschließend einen Kaffee zu. Setzt sich in den Sessel im Wohnzimmer. Trinkt in kleinen Schlucken. Um sie herum ist alles aufgeräumt, die Bücher im Bücherregal alphabetisch geordnet. Diane steht auf und betrachtet sie genauer. So viele Wörter, alle hintereinander aufgereiht. Immer dieselben, die wiederkommen, aber in einer anderen Reihenfolge. Sie erinnert sich weder daran, wann, noch warum sie sie gekauft hat. Hat sie eigentlich schon mehr als drei davon gelesen? Nicht einmal dessen ist sie sich sicher. »Das sieht sehr ästhetisch aus«, hatte die Dekorateurin ihr versichert.

Sie spaziert gemächlich in ihrem Wohnzimmer herum. Betrachtet die teuer erstandenen Kunstwerke, die die Wände schmücken. Diane war nie aufgefallen, dass alle das Meer darstellen. Riesige Fenster, die auf weite blaue Flächen hinausgehen, manche stürmisch, andere ruhig. Hatte die Dekorateurin sie die alle wirklich auswählen lassen?

Eingesperrt in ihrer Eigentumswohnung fühlt sie sich überflüssig, wie die Bücher, die Bilder, der Krimskrams, die das Apartment möblieren. Sie fragt sich, ob das Klinikpersonal ihr wohl eine Seriennummer zugeteilt hat.

Sie setzt sich wieder. Ihr Kaffee ist kalt geworden. Was könnte sie in der verordneten Wartezeit machen? Keine Ahnung. Müßiggang ist für sie ein Fremdwort. Wenn sie wenigstens ihr intelligentes Gerät entsperren könnte. E-Mails beantworten. Gymnastik machen. Oder sogar ein Geduldsspiel spielen. Blöcke nach Farben anordnen. Sie verschwinden lassen. Punkte sammeln. Sie ist überzeugt, dass sie das beruhigen und ihre Anspannung lösen würde. Ihre Muskeln scheinen verkrampft. Auch wenn sie sich dehnt, ziehen die Sehnen ihren Körper in eine merkwürdige Stellung zurück. Ein Säugling bei der Geburt, noch unfähig sich auszustrecken.

– Sechs Tage. Sechs Tage. Sechs Tage. Diane, das hältst du aus.

Was tun die Leute in ihren Häusern, um sich zu zerstreuen? Um die Zeit totzuschlagen? Jedes Mal, wenn sie einem ihrer Kollegen begegnet, der das Büro am Nachmittag früher als gewöhnlich verlässt, grübelt sie darüber nach. Welche Gründe, welche Hobbys, welche Aufgaben und Verpflichtungen erwarten die Kollegen zu Hause, sodass sie früher Feierabend machen? Schaffen sie es, die Stille auszuhalten? Die Langeweile?

– Nehmen Sie sich Zeit für sich, Diane. Machen Sie es sich gemütlich. Gewöhnen Sie sich in Ruhe an Ihren neuen Zustand. Es gibt ausgezeichnete Atem- und Entspannungstechniken, um ruhig zu werden.

Wenn Diane in diesem Augenblick dem Vorschlag des Arztes folgend ihre Verfassung unter die Lupe nähme, hätte sie nicht die geringste Ahnung, worauf sie stoßen würde. Vielleicht Trauer. Aufregung. Bestimmt Angst. Eine große Wut. Panik. Leere. Leere. Leere. Niemals hätte sie gedacht, dass sich in der Wartezeit so viel leerer Raum in ihr auftun würde. Als spiele sie seit jeher die Rolle einer hohlen Porzellanpuppe, die einem Kind aus den Händen zu gleiten droht. Würde man sie in tausend Scherben zersprungen auf dem Fußboden wiederfinden?

Vielleicht könnte sie sich ein bisschen beschäftigen? Eine ganz kleine Tätigkeit. So eine klitzekleine Winzigkeit. Würde das ihrer Transformation wirklich schaden? Allein die Tatsache, an die Ausführung einer Aufgabe zu denken, beruhigt sie sofort. Die Anspannung nimmt ab. Ihr Körper lockert sich. Ihr Gehirn konzentriert sich wieder. Trotz der wiederholten Mahnung, alle Anstrengungen zu unterlassen, liest sie Krümel vom Boden auf. Vermutlich Überreste ihrer Toasts. Daraufhin sieht sie die Spur eines Flecks auf dem Sofa. Eilig holt sie ein Putzmittel, um ihn zu entfernen. Dann einen leichten Fingerabdruck auf dem Bildschirm des Fernsehers. Und immer so weiter. Sie kann es nicht lassen, ihre Wohnung von oben bis unten blank zu scheuern. Das Wohnzimmer. Die Küche. Die Schränke. Sogar die oberen. Die unteren. Die Schublade für Küchengeräte. Das Bad. Das Büro. Das Schlafzimmer. Alle Ecken. Nicht einmal die Decken lässt sie aus. Die Stunden vergehen. Der Horizont hat die Sonne schon seit Langem verschluckt, als Diane sich endlich hinlegt. Sie hat den ganzen Tag über kaum etwas gegessen. Hin und wieder Cracker oder rohes Gemüse geknabbert. Trotzdem fühlt sie sich noch ziemlich fit.

– Das ist ein sehr gutes Zeichen!

Vor dem Schlafengehen duscht sie ausgiebig. Komischerweise verträgt ihre Haut die Wärme nicht so gut wie früher. Sie mischt kaltes Wasser dazu. Sorgfältig rubbelt sie jede Stelle ihres Körpers ab. Zwischen den Beinen angekommen fällt ihr ein rotes Haar auf, obwohl ihre Scham immer sehr blass gewesen war. Merkwürdig. Sie stürzt aus der Dusche, nimmt eine Augenbrauen-Pinzette und reißt es mit einem Ruck aus. Sie nähert ihr Gesicht dem Badezimmerspiegel. Untersucht sich aufmerksam. Ihre Haut hat über Nacht Sommersprossen bekommen, auf der Nase und den Wangen. Das gibt ihr ein kindliches Aussehen. Ihre Augen sehen auch anders aus. Stehen sie weiter auseinander? Sie geht ein paar Schritte zurück. Betrachtet ihren Körper in allen Einzelheiten. Man könnte meinen, dass er weniger gerade ist. Knotig. Eine unmöglich aufrechtzuhaltende Achse. Alle diese Veränderungen sollte sie in das Heft, das ihr der Arzt gegeben hat, schreiben, aber sie ist unfähig dazu. Nachdenklich verlässt Diane das Bad und zieht ihren Pyjama an. Dann geht sie ins Schlafzimmer und schließt die Tür hinter sich. Vergewissert sich zwei Mal, dass sie abgesperrt ist. Steht noch einmal auf, um zu kontrollieren, ob die Kochplatten ausgeschaltet sind. Verriegelt erneut die Tür. Legt sich in ihr Bett. Weiß und sauber. Sobald sie ausgestreckt darin liegt, befällt Diane eine leichte Migräne. Bestimmt weil sie nicht genug getrunken hat. Ihr Herz schlägt auch schneller als gewöhnlich. Obwohl sie schon geraume Zeit ruhig daliegt, verlangsamen sich seine Schläge nicht. Diane scannt ihren Körper vom Scheitel bis zur Zehenspitze, gefangen in einer Spirale unterschiedlichster Gedanken. Sie versucht lange, einzudösen. Liegt mehrere Stunden da und starrt an die Decke. Schließlich fällt sie gegen ein Uhr morgens in einen leichten, unruhigen Schlaf. Sie bemerkt nicht, dass ihre Augen einen Spalt offen bleiben. Zwei feine, weiße, die Nacht durchdringende Linien.

Der wütende Wind

Seit Herbstanfang interessiertest du dich plötzlich für die Jagd. Nicht um zu töten; sondern vielmehr um das Verhalten der Tiere zu studieren. Du wandtest immer den Blick ab, wenn es am Ende darum ging, einem Tier den Garaus zu machen.

Unermüdlich folgtest du meinem Vater, wenn er aufbrach, um zu jagen oder seine Fallen auszulegen. Du schriebst alles auf. Welche Gans man im Flug schießt. Aus welcher Entfernung, unter Berücksichtigung des Windes. Wie man Rebhühner aufstöbert. Wie man Lockvögel aus Papier verteilt. Woran man erkennt, dass ein Hase in der Nähe ist: offensichtlich schräg abgetrennte kleine Zweige, Büsche mit abgenagter Rinde, Spuren im Schnee. Wie man ihn mit einer Schlinge aus Messingdraht fängt. Wie viele man töten darf, um die Population nicht zu gefährden. Du hattest meinen Vater erstaunlicherweise überzeugt, sowohl die Einzel- als auch die Treibjagd aufzugeben, damit die Hasen entwischen konnten. Ich glaube, so konntest du sie leichter retten, wenn sie in die Falle gegangen waren.

Du hattest diesen seltenen Trapper-Instinkt, der genau vorhersagen kann, wo sich die Beute versteckt hält, wie ein Jagdhund. Du rochst das Blut, den Tod. Mein Vater sagte lachend, dass dein Körper wie eine Kompassnadel ausschlägt. Manchmal sah ich dich in den Wald rennen. Dann riefst du mir zu:

– Komm! Ich hab einen gesehen!

Ich folgte dir nur mit Mühe und Not. Wild wie du warst, sprangst du über Quecken und Sträucher. Man hätte meinen können, dass du Geräusche hören konntest, die mir entgingen. Dir gelang es immer, den Hasen zu finden, der sich gerade in einer Falle verheddert hatte. Meinen Vater machte es wahnsinnig, dass du sie befreitest, aber weil wir befreundet waren, warf er es dir nicht vor. Im Übrigen wusste ich nie, auf welche Seite ich mich schlagen sollte: auf die meines Vaters oder deine.

Es war vor dem ersten Schnee. Das Gerücht verbreitete sich wie ein Lauffeuer unter den Jägern. Mein Vater kam nach Hause gerannt, um sein Fernglas zu holen.

– Jemand hat einen ganz seltenen Adler über der Insel kreisen sehen.

Sogar mein Vater schien diese Art von Raubvogel noch nie gesehen zu haben. Du liefst auch hinaus. Ich folgte dir. Ein starker Nordostwind blies. Das schlechte Wetter war im Anmarsch. Die Geräusche der Umgebung klangen auf einmal anders. Auf der Insel hing ein Echo in der Schwebe. Ein zweites Leben, zeitversetzt.

Ich bemerkte sofort, dass sich etwas in dir verändert hatte. Mit deinem Notizbuch in der Hand schlugst du rasch einen Weg Richtung Westen ein.

– Warte auf mich!

Ich konnte rufen, so viel ich wollte, du hörtest mich nicht. Unfähig, dich einzuholen, folgte ich dir in einiger Entfernung. Du bliebst abrupt am höchsten Punkt der Insel stehen. Du betrachtetest den Horizont, die Blätter auf den Bäumen, die Wolken und liefst in den Wald hinein.

– Komm zurück!

Ich beschleunigte meine Schritte, um dich nicht aus den Augen zu verlieren. Bevor du bei dem Hügel ankamst, der zum Strand hin abfällt, ducktest du dich im hohen Gras und wartetest, bis ich dich eingeholt hatte, um mir zu verstehen zu geben, dass ich mich auch verstecken sollte.

– Schnell, beeil dich! Runter mit dir!

Ich sackte an deine Seite, erschöpft vom vielen Rennen. Den Kopf auf den verschränkten Armen, hatte ich Mühe, wieder zu Atem zu kommen. Unsere Ellbogen, unsere Füße berührten sich kaum, aber ich fühlte eine Wärme bis in die Knochen ausstrahlen. Deine heftige Atmung beschrieb Kreise in meinem Bauch. Um uns herum erstreckte sich ein Gelände, das mein Vater seit mehreren Jahren hatte brachliegen lassen. Es gab Steine, dichtes Gehölz, Himbeersträucher, einen alten Baumstumpf, viel Gestrüpp.

– Das ist der ideale Ort, um auf ihn zu warten.

Davon warst du überzeugt. Und wir warteten, geduldig, auf dem Rücken liegend, die Hände über den Augen, um sie vor dem Sonnenlicht zu schützen. Erwartung, sonst nichts. Du wandtest kein einziges Mal den Blick ab. Die Sonne begann zu sinken. Ich hatte Hunger, mir war kalt. Ich beklagte mich nicht, trotzdem bemerktest du, dass ich mich unbehaglich fühlte. Du rücktest dichter an mich heran und riebst meine Arme, um mich aufzuwärmen.

– Nicht aufgeben. Er kommt bald. Ich spür es.

Deine Augen hoben sich langsam zu mir. Ein akribisches Heben des Blicks. Der Moment, in dem sich der Jäger seiner Stärke bewusst wird; die Beute, ihrer Schwäche. Zu spät. Ich hatte mich ergeben. Während dein Gesicht näher kam, war plötzlich ein durchdringender Schrei zu hören. Schlagartig wurde deine ganze Aufmerksamkeit woandershin gezogen. Du flüstertest:

– Er ist es. Ich wusste es.

Und er erschien im Himmel, majestätisch. So einen Adler hatte ich noch nie über die Insel fliegen sehen.

– Es ist ein Königsadler, fügtest du hinzu, genauso fasziniert.

Was er hier wohl suchte? Welches Tier hatte er verfolgt? Du fotografiertest ihn sofort von unserem Versteck aus und schriebst seinen Namen in dein Heft. Selbst in großer Höhe sah er gewaltig aus. Seine Schwingen zerschnitten die Luft, scharf wie eine lange Baumsäge. Er schwebte über dem Gelände, in weiten, konzentrischen Kreisen. Wir waren wie festgenagelt, es hatte uns den Atem verschlagen.

Ich fragte mich, wie wir wohl von da oben aussahen. Hatte er uns erspäht? Welcher Tierart glichen wir? Ich bekam Angst. Vor ihm. Mit einem Mal fühlte ich mich nicht mehr sicher. Nach einigen Minuten änderte er plötzlich seine Flugbahn. Ich zog unwillkürlich den Kopf ein. Er flog etwas tiefer, seine Kreise, immer näher, direkt über uns. Und dann, auf einen Schlag, wölbte er seine Flügel und stieß mit ungeheurer Geschwindigkeit auf uns herunter. Ich presste mich an dich, erschrocken, aber du schobst mich unsanft weg. Ich kniff die Augen zu, darauf gefasst zu spüren, wie seine Krallen in meine Haut eindrangen. Doch du warst es, der als erster aufschrie. Vor Schmerz. Eine hohe und durchdringende Klage, die eine Ewigkeit zu dauern schien. Als ich die Augen wieder öffnete, warst du aufgesprungen. Der Adler befand sich in einer Entfernung von ungefähr vier Metern; ein Hase wand sich in seinen Fängen und versuchte zu fliehen. Brüllend und in die Hände klatschend sprangst du in einem Satz auf den Adler zu. Mit ausgebreiteten Schwingen flatternd wich er zurück und sah dich an. Seine Augen, die bestimmt ebenso groß waren wie deine, fixierten dich. So beäugtet ihr euch mehrere Sekunden lang, die Zeit schien stehen geblieben. Dann ließ der Adler den Hasen los und flog mit schweren Flügelschlägen davon. Dein Schrei hallte noch in meinen Ohren.

Du stürztest auf den Hasen zu, der sich nicht mehr regte, starr vor Schreck. Du gingst auf die Knie und nahmst ihn in deine Arme. Der Adler hatte ihm Fell ausgerissen oder vielleicht sogar Knochen gebrochen. An deinen Händen war Blut. Für einen Augenblick fragte ich mich, wessen Blut. Der Hase lebte noch, aber er litt.

– Er wird nicht überleben.

Du wiederholtest diese Worte ständig.

Ich näherte mich, wollte deine Hand nehmen, aber du schobst mich erneut weg. Mit einem Ruck drehtest du dem Hasen den Hals um, damit er nicht länger leiden musste. Angesichts deiner Brutalität, dieses forschen Handgriffs, den ich noch nie bei dir gesehen hatte, blieb ich wie versteinert stehen. Tränen liefen mir übers Gesicht.

– Eugène …

Aber du warst woanders. Du standst auf und gingst nach Hause, ohne dich auch nur umzudrehen. Deine Faust hielt die Ohren des Hasen fest umschlossen, während sein Körper im Rhythmus deines raschen Schritts hin- und herbaumelte.

Ein paar Tage später bemerkte ich, dass du immer eine Hasenpfote bei dir trugst, eine ganz kleine, an einem goldenen Schlüsselanhänger befestigt. Du streicheltest sie ständig, gedankenverloren. Was hattest du mit den Überresten des Tiers gemacht? Ich wagte es nicht, dir diese Frage zu stellen. Hattest du sie gegessen?

Von diesem Moment an entferntest du dich. Dein Blick, zwei Gewehrkugeln. Man hätte meinen können, in dir sei ein Ast abgestorben. Du nahmst so abschüssige und verschlungene Wege, dass keiner dir folgen konnte.

An jenem Tag ließ ich dich fortgehen. Ich stieg den Abhang hinunter, um bis zum Ende der Insel zu gelangen, an die Stelle, die alle normalerweise mieden, die Klippenstufe. Von diesen messerspitzen, und vor allem glitschigen, von Schlick überzogenen Felsen aus beobachtete ich die tobenden Gewässer. Es war ein ganzes Meer. Kein einziges Boot am Horizont. Man hätte verrückt sein müssen, sich hineinzuwagen. Bei dem Wind könnte sich keiner dem Wüten der Stromschnellen widersetzen. Gischt peitschte mir ins Gesicht. Ich blieb standhaft, wie ein Leuchtturm. In der Abenddämmerung sah ich in den Himmel. Keine Spur des Adlers. Die länglichen Wolken zogen schnell vorüber.

Es gibt solche Tage auf dieser Insel, wo der Wind wütend zu sein scheint. Er heult seinen Zorn stundenlang heraus. Peitscht auf die Körper ein. Wirbelt die tiefen Gewässer auf. Sogar die Schiffe müssen die Wellen seitlich nehmen. Und dennoch ist am nächsten Morgen keine Spur mehr davon zu sehen. Der Strom beruhigt sich über Nacht. Die Sonne wird in einem reinen Himmel wiedergeboren. Ihre rosa und gelben Strahlen lassen auf dem Wasser ein sanftes Kräuseln entstehen wie bei der Berührung mit einem Finger.

Tag X – 99

Diane kann sie nicht ausstehen diese neue Kollegin im Job die gerade erst eingestellt wurde und die Tag und Nacht arbeitet sie kann sie nicht aus ihren Gedanken verbannen versteht weder wie noch warum diese Frau alles besser macht als sie mindestens zwei Akten mehr pro Tag schafft dem Unternehmen mehr Geld durch Vertragsabschlüsse bringt ihr Vorgesetzter ist die ganze Zeit in ihrem Büro Diane fragt sich ob diese Frau eigentlich auch mal schläft nie Ringe unter den Augen immer frisch und ihr Geist scharf wie ein Jagdmesser sie verliert nie die Beherrschung Diane hält das nicht mehr aus ihre Schönheit ihren Sinn für Humor ihre Menschlichkeit ihre Geselligkeit sie sucht nach einem Haar in der Suppe will wenigstens einen Pups beim Pinkeln auf der Firmentoilette hören Diane verfolgt sie mit den Augen belauscht sie nimmt sie genau unter die Lupe inspiziert ihre E-Mails bis ins letzte Detail auf der Suche nach einem Rechtschreib-Syntax-Grammatikfehler manchmal wartet sie sogar bis sie auswärts essen geht um ihr Büro ohne ihr Wissen zu durchstöbern sie wühlt in ihrem Papierkorb ihrem Ordner ihren Akten sie prüft alle ihre weggeworfenen Notizen aber findet nie etwas *nada* alle Kollegen lieben sie und dringen darauf dass sie mit ihnen zum After-work-Treffen kommt das der Freizeitclub organisiert während Diane nie gefragt wurde eines Tages beschließt Diane trotzdem hinzugehen peinlich berührt von ihrer Anwesenheit sprechen die Angestellten sie nicht an in der Hoffnung das Eis zum Schmelzen zu bringen trinkt Diane viel zu viel Alkohol für eine Frau die noch nicht zu Abend gegessen hat sie fängt erfolglos Gespräche an plötzlich wird ihr übel und sie verschwindet hastig auf die Toilette sie verfehlt die letzte Stufe und findet sich ehe sie sich versieht auf allen Vieren auf dem Fußboden wieder sie kann sich nicht mehr rechtzeitig hochrappeln und erbricht sich auf die Lackschuhe einer Frau sie erhebt sich noch ganz benommen blickt in zwei Augen und die Scham überkommt sie sie ist es sie ist es sie ist es in ihrer ganzen Pracht sie ist es die ihr hochhilft die ihr die Hände das Gesicht wäscht die ihr verschwiegen ein Taxi bestellt das sie nach Hause fährt sie ist es die am nächsten Tag niemandem etwas davon erzählt um ihr die Erniedrigung zu ersparen diese Frau ist es die Perfektion ist noch schwerer zu ertragen wenn sie menschlich ist

Prädatoren

Der Schneeschuhhase ist ständig auf der Flucht vor seinen zahlreichen Fressfeinden, wobei er sich auf seine 360-Grad-Rundumsicht, seine großen, sehr feinen Ohren und seinen ganz besonders ans Laufen angepassten Körperbau verlassen kann. Seine langen, kräftigen und unter seinem Rumpf eingeklappten Hinterpfoten ermöglichen es ihm jederzeit, aus dem Stand beinahe drei Meter weit zu hüpfen. Außerdem erreicht er beim Laufen eine Geschwindigkeit bis zu achtzig Kilometer pro Stunde. Wenn er sich bedroht fühlt, verharrt der Schneeschuhhase reglos an Ort und Stelle, um die Vorteile seines Tarnfells zu nutzen. Doch seine hauptsächliche Überlebensstrategie besteht darin, in Sichtweite einer oder mehrerer Unterschlupfmöglichkeiten zu bleiben. Wenn er eine Gefahr erkennt, stößt er keine Schreie aus, sondern klopft mit den Hinterläufen fest auf den Boden. Sobald er in Gefangenschaft gerät und um sein Leben fürchtet, lässt er ein kräftiges, an ein weinendes Baby erinnerndes Fiepen hören, das so manchen Jäger derart aus dem Konzept bringt, dass er sich seinen Händen entwinden kann. Im Alarmzustand hat der Hase die Fähigkeit, sehr lange bewegungslos zu bleiben, um erst im letzten Moment die Flucht zu ergreifen und Haken zu schlagen, um den Verfolger zu verwirren oder in einem hohen Satz emporzuschnellen. Es soll sogar vorkommen, dass er sich die Hinterläufe bricht, weil er zu abrupt zur Flucht ansetzt. Hasen, die mehr als fünf Jahre in der Natur überleben, sind sehr selten.

Tag X + 3

Wieder der gleiche Albtraum. Diane schreckt hoch und öffnet die Augen, genauso verschreckt wie am Tag zuvor. Jemand war ihr die ganze Nacht lang auf den Fersen. Sie erinnert sich an einen zugewachsenen Weg. Winter. Tannenzweige, die ihr Gesicht streifen. Es ist kalt, aber sie fühlt es nicht wirklich. Oder kaum. Ein seltsames Wimmern. Wie das eines Kindes, das sich im Wald verirrt hat. Oder war es ihr eigenes? Die Szene verblasst vor der Realität. Wie durch ein Fingerschnippen. Ihre Wohnung überlagert den Traum.

Sie sieht aufs Zifferblatt. 4:46 Uhr. Sie hat ungefähr eine Stunde weniger geschlafen als gestern. Zum ersten Mal seit der Operation lächelt sie leise. Sie steht auf und geht ein paar Schritte. Ihre Beine sind viel kräftiger. Nur ihre Hände zittern noch. Sie hebt sie vors Gesicht, um sie zu bändigen. Spannt sie an, breitet sie sternförmig aus, aber das Zittern hört nicht auf. Dann wendet sie den Blick ab, genervt.

– Je nach genetischer Vorbestimmung reagieren die Menschen nicht alle gleich auf die Behandlung. Manche entwickeln stärkere Symptome als andere, diese verschwinden jedoch im Laufe der folgenden Monate.

Diane geht zum Fenster, um das Entsetzen loszuwerden, das ihr noch in den Knochen steckt. Sie öffnet die Jalousie bis zur Hälfte. Draußen beginnt die Nacht zu verblassen. Der Mond versucht so gut er kann gegen die Straßenlaternen anzuleuchten. Vom vierzehnten Stock ihres Wohnkomplexes aus lässt Diane ihren Blick über sämtliche Fenster schweifen. Keine einzige Gestalt zu sehen. In den umliegenden Wohnungen sind die Lichter noch aus. Diane fragt sich, wovon all diese tief schlafenden Menschen wohl träumen. Oder vielleicht gelingt es ihnen auch gar nicht? Nacht für Nacht verwandelt sich ihr Schlaf in einen langen Tunnel, aus dem sie sich nicht befreien können. Ein Einsturz in einem Stollen. Viel zu dunkel, um den Ausgang zu erkennen.

Vor der Operation träumte Diane nie.

Sie verlässt ihr Schlafzimmer, knipst die Lichter an und steuert auf die Küche zu, um sich einen Kaffee zu machen. Sie hat noch nicht einmal den ersten Schluck getrunken, als sie ihn ungeschickt auf der Arbeitsfläche verschüttet. Ihre Hände beben viel zu stark. Mehr als gestern, genau genommen. Sie legt die Handflächen auf die Arbeitsplatte. Sie hätte einfach gerne wieder die Kontrolle über etwas.

Sie frühstückt bedächtig, zwingt sich zu kauen und bemüht sich, die Sekunden in dieser ganzen Langeweile in die Länge zu ziehen. Sobald ihr Frühstück beendet ist, fängt sie wieder an, unruhig durch die Wohnung zu streifen. Es scheint, als seien die Wände enger an sie herangerückt. Die Luft kommt ihr verbraucht vor. Sie würde gerne ein Fenster öffnen, erinnert sich jedoch, das festverglaste Modell gekauft zu haben, das mit der höchsten Schalldichte. Wegen des Lärms. Genau, man könnte fast meinen, die Stille sei ohrenbetäubend geworden. Sie stößt an ihr Trommelfell und hallt spiralförmig nach. Noch nie hat sie das Echo ihres eigenen Körpers wahrgenommen. Nichts läuft synchron. Ihre Herzschläge. Ihre Gedanken. Ihr Atem. Ihre Schluckbewegungen. Es schnürt ihr die Kehle zu. Ihr Kiefer verkrampft sich.

Diane wirft einen Blick auf die Wanduhr. Es ist noch nicht einmal 8:00 Uhr. Um diese Zeit wäre sie normalerweise seit mindestens dreißig Minuten bei der Arbeit. Sie hätte schon viele Akten bearbeitet. So manche Vorgänge erneut in Angriff genommen. Eine Tonne E-Mails verschickt, um zu beweisen, dass sie mehr als alle anderen arbeitet. Jetzt, wo sie keine Macht mehr über irgendetwas hat, fühlt Diane sich aus den Angeln gehoben.

– Sie müssen mindestens eine Woche zu Hause bleiben, ohne zu arbeiten. Ihr Gehirn braucht Zeit, um sich an die Veränderungen anzupassen.

Obwohl der Arzt ihr dringend davon abgeraten hat, beschließt sie, hinauszugehen. Nur ein kleiner Spaziergang. Etwas Sauerstoff für die Genesung tanken. Ein paar Schritte. In den Straßen umherschlendern. In ein Café gehen? Jetzt, wo sie ein Ziel im Kopf hat, fühlt Diane sich besser.

Sie duscht, schminkt sich, legt eine extra Schicht Make-up auf, um ihre neuen Sommersprossen zu überdecken und kleidet sich an. Im Flur wirft sie einen letzten Blick in den Spiegel. Ihr Ebenbild verstört sie. Sie sollte wirklich Übungen machen, damit ihre Augen normal aussehen. Man könnte denken, sie sei direkt aus einer Tierhandlung ausgebrochen.

Sie zieht ihren Mantel über und geht hinaus. Die Geräusche aus der Umgebung stürmen auf sie ein. Sie scheinen lauter zu sein als vorher. So als ob jemand unmerklich die Lautstärke um eine Stufe aufgedreht hätte. Sie geht weiter. Gewöhnt sich in Ruhe daran. Die Leute hupen, sich aufregen, sich zurufen zu hören wirkt entspannend auf sie. Sie schüttelt ihren Kopf vor Vergnügen. Unfähig, ihre Zeit zu vergeuden, lässt sie sich von der Routine leiten. Kauft sich einen Kaffee. Ohne Milch. Ohne Zucker. Beschleunigt den Schritt. Wie eine Maschine steuert sie automatisch auf ihr Büro zu. Sie schlägt denselben Weg ein. Überquert dieselben Kreuzungen. Geht auf denselben Trottoirs. Vermeidet dieselben Risse. Dieselben Passanten. Ohne sich dessen wirklich bewusst zu werden, sieht sie flüchtig die Spiegelung ihrer Silhouette in der Glastür ihres Bürogebäudes. Diane betritt die Firma. Niemand scheint sich darüber zu wundern, dass sie früher als vorgesehen zurückkommt. Alle kennen sie viel zu gut, um zu wissen, dass sie unfähig ist, richtig Ferien zu machen. Es hatte ihr sowieso keiner abgenommen, als sie einen Wellness-Urlaub erwähnte. Zwei Sekretärinnen hatten sogar auf einen möglichen Burn-out oder eine Schönheits-OP gewettet.

Ganz aufgeregt, weil sie wieder zurück ist, bemerkt sie nicht, dass die Kollegen sie von Kopf bis Fuß eingehend mustern. Auf die kleinste Veränderung lauernd. Die kleinste Schwachstelle. Eine Nichtigkeit bringt ein Gerücht in Umlauf. Sie verbuchen eine gewisse, ruckartige Rastlosigkeit ihrer Bewegungen. Eine ungewöhnliche Art und Weise, die Augen auszurichten. Außerdem hält sie den Kopf weiter nach hinten und die Lippen seltsam fest über die Zähne gepresst. Diverse geringfügige Veränderungen sind zu bemerken, als sei während ihrer kurzen Abwesenheit jemand anderes in ihren Körper eingedrungen.

Bevor sie in ihr Büro stürzt, tauscht Diane einen eindringlichen Blick mit ihrer Rivalin. Für den Bruchteil einer Sekunde nimmt sie sogar ein feines komplizenhaftes Lächeln wahr, das sie eiligst mit der Hand beiseitewischt. Diane setzt sich direkt auf ihren Schreibtischstuhl, voller Ungeduld, ihren Computer und ihr E-Mail-Programm hochzufahren. Ein Gefühl der Erleichterung durchflutet sie, als sie das charakteristische »piep« beim Entsperren des Notebooks hört. Sie lächelt. Hier fühlt sich Diane in ihrem Element. Ihre Füße sind am rechten Fleck. Je schneller ihre Finger über die Tastatur fliegen, desto besser ordnen sich ihre Gedanken. Sie liebt diesen Moment, wo sie die Buchstaben auf dem Bildschirm aneinanderreiht, um das Chaos, das sie umgibt, einzudämmen. Sie ist glücklich bei der Vorstellung, unersetzlich zu sein.

Diane schuftet den ganzen Tag lang hart. Bringt mehrere Vorgänge wieder auf den Weg. Wechselt ein paar Worte mit den Kollegen wegen eines Problems mit einem Lieferanten. In der Mittagspause, während alle noch über ihre verfrühte Rückkehr rätseln, sieht sie sich gezwungen, irgendeinen triftigen Grund zu erfinden. Die Stornierung ihrer Reise. Ihre Rückkehr nach Hause. Die verlorene Zeit. Warum nicht ins Büro zurückgehen. Später wieder Urlaub nehmen, um wirklich davon zu profitieren.

Gegen 17:30 Uhr platzt ihr Chef in ihr Büro herein.

– Hallo, Diane. Schon zurück?

Diane hebt den Kopf, verblüfft, und sieht ihrem Vorgesetzten in die Augen. Noch nie hat er in einem so freundschaftlichen Ton mit ihr geredet. Sie staunt darüber, dass er sogar ihren Vornamen behalten hat. Er beobachtet sie etwas wunderlich.

– Hast du eine neue Frisur? Eine andere Haarfarbe? Hattest du früher keine Brille?

Sie ist verblüfft. Starrt ihren Chef an. Findet nicht die richtigen Worte, um ihm zu antworten. Dieser betrachtet sie prüfend. Lässt den Blick lange zwischen ihren Beinen, ihren Brüsten ruhen. Er geht um ihren Bürostuhl herum. Kommt näher. Entfernt sich. Diane wird schwindlig. Sie bemerkt einen merkwürdigen Geruch, der von ihm ausgeht. Eine Mischung aus Urin und Toilettenreiniger. Als er sich über sie beugt, als wolle er ihr ein Geheimnis anvertrauen, klingelt das Telefon.

– Ich muss rangehen, tut mir leid.

Ihr Vorgesetzter richtet sich unvermittelt auf, in seinem Elan gebremst, und weicht ein paar Schritte zurück. Bevor er durch die Tür verschwindet, verzerrt er den Mund zu einem komischen Grinsen, das dem hämischen Lachen einer Hyäne ähnelt. Ein Schauder überläuft Diane von Fuß bis Kopf. Das Unwohlsein bleibt, obwohl er weg ist.

Sie arbeitet trotzdem eifrig weiter. Die Angestellten verlassen nach und nach ihre Büros. Zufrieden schaltet sie noch vor 20:00 Uhr endlich ihren Computer aus. Normalerweise hätte sie die Müdigkeit schon eher gespürt. Normalerweise wäre ihr Gehirn gegen 19:00 Uhr langsamer geworden. Dann hätte es allmählich geschwächelt. Normalerweise hätte sie nach Hause gemusst. Aber heute ist ein anderer Tag; heute ist ein Moment der Gnade. Die Operation ist geglückt. Sie hat den Beweis dafür. Diane wird nicht müde, weder körperlich noch geistig. Ihre Konzentration und ihre Reflexe sind beide optimiert. Dieser neue Zustand eröffnet ihr vielversprechende Perspektiven. Sie stellt sich vor, was sie alles schaffen wird. All die Aufgaben, die sie bewältigen wird. Alle Akten, die sie in Angriff nehmen wird. Alle Karrierestufen, die sie erklimmen wird. Die Geschäftsführungen, in denen sie einen Sitz haben wird. Das Networking, dem sie sich unermüdlich widmen wird. Vielleicht wird sie eine zusätzliche Stelle ergattern?

Fast in Ekstase geht sie direkt zum Fitness-Training. Keine Zeit zu verlieren. Sie zieht ihre Sportsachen an und beginnt ihren Routinedurchlauf. Bauchmuskeltraining, Gewichtheben, Dehnübungen. Sie bemerkt nicht sofort, dass sie eine ganze Schlange von Männern in ihr Schlepptau zieht. Diese schleichen um jedes der Geräte, das sie benutzt. Einige rufen ihr anzügliche Bemerkungen zu, um ihre Aufmerksamkeit zu erregen. Wie ein Bienenschwarm auf der Suche nach einer Königin. Diane begreift nicht wirklich, was mit ihnen los ist. Nachdem sie auf ein Laufband gestiegen ist, kommt es zwischen drei Männern sogar zu einer Rempelei. Alle drei wollen an ihrer Seite rennen. Die beiden mit den dicksten Muskeln gewinnen den Kampf; der Schmächtigste räumt das Feld. Sie schaltet den Motor ein und läuft und läuft und läuft. Die Männer an ihrer Seite ebenso, abwechselnd. Keiner reicht ihr das Wasser. Keiner schafft es, sie einzuholen.

Dianes Atemvolumen wächst. Wird kräftiger. Ausdauernder. Sie beschleunigt, noch weiter. Sie legt die Latte immer höher. Normalerweise hätte ihr Körper Anzeichen von Schwäche gezeigt. Normalerweise hätte er nicht noch mehr vertragen. Aber heute ist ein anderer Tag; heute ist ein Moment der Gnade. Diane läuft noch eine ganze Stunde lang weiter. Schließlich ist sie außer Atem, stoppt das Gerät und verschwindet rasch unter den fassungslosen Blicken einiger Alphamännchen.

Daraufhin geht sie nach Hause, allein. Bis sie sich gewaschen, ihren Pyjama angezogen, ein paar Nüsse und eine Frucht gegessen hat, ist es nach Mitternacht. Unter die Bettdecke gekuschelt denkt Diane an ihren Tag. An alles, was sie geschafft hat. An alles, was sie morgen schaffen wird. Zufrieden schließt sie die Augen. Doch der Schlaf will sich nicht einstellen. Und wieder diese große Leere in ihrem Bauch. Wind kommt auf, stürmisch. Unmerklich dringt er in alle möglichen Ritzen ein. In alle Winkel. Sie fühlt sich wie ein Baum im Herbst, der noch alle Blätter hat, vor den großen Stürmen. Bald entblättert.

Die große Springflut

Dann fingst du an, die Insel genauer zu erkunden, auf eigene Faust. Du unternahmst ausgedehnte Spaziergänge. Du startetest an der Westspitze der Insel und gingst und gingst und gingst bis zum Felswatt im Osten. Du nahmst den unbefestigten Weg, der unsere Insel bei Ebbe mit der benachbarten, Zwillingsschwester genannten Insel verbindet. Mein Vater konnte dich noch so sehr vor den Gefahren dieser Strecke warnen, du hörtest nicht auf ihn.

– Auf dem Archipel gibt's starke Gezeitenströme, mein Junge, da könntest du eine böse Überraschung erleben. Wenn's auf dem Weg an der tiefsten Stelle unten Starkwind aus Nordost gibt und dazu oben Böen aus westlicher Richtung, dann verstärkt das die Gezeiten.

Seit einigen Tagen heulte der Wind und fegte gewaltig kreuz und quer über die Insel. Niemand wagte sich hinaus. Der Mond übernahm wieder die Kontrolle über die Elemente. Die großen Herbst-Tiden waren da, die alles, was ihnen im Weg stand, verschlangen, so manches in Stücke rissen und halb verdaut wieder ausspien. Die Gänse lebten schon seit mehreren Wochen unter uns. Tag und Nacht hörte man sie, es war wie ein unaufhörliches Raunen. Häufig gellte ein Schrei aus dem Nichts, zu jeder Tages- und Nachtzeit. Eine Klage. Man spürte, dass sie uns in Kürze verlassen würden. Sie reckten ihre langen Hälse auf der Suche nach dem Zeichen, dem Ruf, der ihnen endlich befehlen würde, davonzufliegen.

– Der Wahnsinn! Ich glaub, ich bin fast gestorben.

Ich habe gehört, wie du diese Geschichte den Mitschülern auf dem Schulhof erzähltest. Trotz der starken Gezeiten hattest du es riskiert, den Weg zwischen den beiden Inseln zu betreten.

Du hattest am zweiten Kreuz Halt gemacht, das die Stelle markiert, wo das Gelände am tiefsten ist. Die Flut nagt zu dieser Jahreszeit regelmäßig und ausdauernd daran. Es bricht ein, zerfurcht von den breiten natürlichen Gräben, die es dem Wasser bei Ebbe ermöglichen, wieder abzufließen. Auf beiden Seiten der schmalen Straße gibt es dichtes Gehölz, hohe Gräser und einen ausgewachsenen Baum, der sich aus dem Nichts erhebt. Man fragt sich, wie er unter solchen Bedingungen überleben kann.

Du hattest dich mitten auf den Weg gesetzt und aufs ansteigende Meer gewartet.

– Ich wollte sehen, was passiert.

Vor den anderen blähtest du dich stolz auf, als ob die Angst zu sterben dir Mut gemacht hätte. Aber ich konnte leicht hinter die Fassade blicken.

Das Wasser kam schneller auf dich zu als erwartet. Du sahst, wie seine Wirbel den Seetang verschlangen, das Schilf auf dem Felswatt, die Erde, und schließlich deinen Körper. Du sprangst auf. In kurzer Zeit überspülte das Wasser deine Stiefel. Du spürtest den Sog an dir reißen, dich ansaugen. Der Weg brach unter den sprudelnden Wellen ein. Dadurch war es für dich unmöglich zu wissen, wo du den Fuß aufsetzen solltest, ohne in einen Graben zu stürzen. Daraufhin legte sich ein dunkelgrauer Vorhang über den Himmel. Ein heftiger Regenschauer ging nieder. Das Meer begann zu schäumen. Du warst durchgefroren.

– Ich weiß, dass es blöd war. Ich hatte nicht dran gedacht, dass ich den Weg aus den Augen verlieren und nicht mehr weiterkommen würde.

Nein, das hattest du nicht vorhergesehen. Als du nur noch Wasser um dich hattest, machtest du ein paar Schritte nach vorne, nach hinten, nach rechts, nach links. Wahrscheinlich konntest du dich nicht mehr orientieren. In Panik geraten, verlorst du den Boden unter den Füßen. Schließlich ganz unter Wasser fingst du an zu schwimmen. Du versuchtest, den Weg wiederzufinden, aber die Strömung war zu stark und zog dich schon weit fort. Die extreme Kälte des Wassers. Die Gänse hatten die Uferböschung verlassen, um sich weiter entfernt auf den Feldern niederzulassen. Du warst mutterseelenallein. Du hattest die Winde auf dem Archipel unterschätzt.

Du sahst dich um, verzweifelt.

– In dem Moment fiel mir der Baum ein. Ein Glück. Sonst wäre ich ertrunken.

Ungefähr fünfzig Meter entfernt stand er da, weit und breit der einzige Widerstand in der Landschaft. Du nahmst alle deine Kraftreserven zusammen und schwammst bis zu ihm. Deine Beine, deine Hände, deine Arme waren starr. Von Tausenden kleiner Nadeln durchstochen. Die Wellen wölbten das Meer auf wie ein Laken im Wind. Mehr recht als schlecht gelang es dir, dich am Baumstamm festzukrallen. Das Wasser stieg weiter. Du schafftest es, einen Ast zu erreichen, dann einen weiteren, und du klettertest weiter hinauf, um das Sinken der Flut abzuwarten. Das

Wasser reichte dir bis zum Knie. Der Gezeitenstrom verschlang große Brocken; die Strudel hypnotisierten dich. So wartetest du eine Stunde oder zwei, schwer zu sagen. Am Ende kam mein Vater mit der Schaluppe, um dich zu holen.

Hochmütig richtetest du das Wort an mich.

– Hast du deinem Vater verraten, wo ich bin?

Du warst mir böse, als hätte ich mich zwischen dich und den Strom gestellt.

– Ich hätte warten können, bis die Flut zurückgeht, Diane. Es gab wirklich keinen Grund zur Sorge.

– Spinnst du? Du wärst an Unterkühlung gestorben.

– Na und? Was hätte das geändert? Ich bin eh nirgends zu Hause!

– Hör auf, Eugène!

Was war an jenem Tag geschehen? Wogegen hattest du angekämpft? Man hätte meinen können, du hättest Angst gehabt, der Strom würde dich mit sich reißen, wieder woandershin bringen.

Dein zeitweiliges Verschwinden sorgte auf der Insel für großen Aufruhr. Vom Gedanken, dich zu verlieren aufgeschreckt, verhängten deine Eltern zwei Tage Hausarrest. Du durftest nicht einmal mehr zur Schule gehen. Sie ließen dich nicht mehr aus dem Haus. Sie begannen, euren Umzug zu planen.

– Wir werden die Insel verlassen.

Diese Worte rauschten in meinem Kopf nach. Der Rückfluss der Wellen.

Ich versuchte mehrmals, wieder an dich ranzukommen. Ich rief dich an, lud dich ein, aber du bliebst abweisend. Zurückgezogen in deiner Wartehaltung. Das Warten auf eine Tide. Der Stillstand zwischen Ebbe und Flut, der sich hinzieht. Danach hielt der Winter schweigend Einzug. Eisstückchen auf der Wasseroberfläche. Das Meer, wie mit Puderzucker überzogen. Der gefrierende Strom.

Tag X – 58

Um mit ihrem Leistungszwang klarzukommen und um wertvolle Sekunden zu gewinnen zählt Diane pausenlos die Schritte zwischen ihrer Wohnung und ihrem Bürogebäude die Stufen zwischen den jeweiligen Etagen die Sekunden zwischen ihrem Büro und dem der Frau die sie nicht ausstehen kann die Zeit die es braucht um eine Flasche Wasser aufzufüllen bis der Fotokopierer warm läuft beim Arzt zu warten sie zählt die aufgenommenen Kalorien für jedes Nahrungsmittel und die auf dem Ergometer verbrauchten die Wände die sie umgeben die Lichter in ihrer Wohnung ihrem Büro die Risse auf den Trottoirs die Buchstaben in jedem Wort das sie schreibt wie oft sie einen Orgasmus hat ihre ausstehenden Daueraufträge ihre Herzschläge die möglichen Kombinationen von jeweils zwei Fingern ihre als ungelesen markierten E-Mails die täglich abgearbeiteten Akten im Vergleich zu ihrer Rivalin ihre Höschen die eins-zwei-drei Liter Wasser die sie sich zwingt jeden Tag zu trinken die jeden Tag benutzten Taschentücher und Toilettenpapierblätter die ins Waschbecken im Bad gefallenen Haare die Männer mit denen sie seit ihrer Jugend geschlafen hat sie zählt um die Leere zu füllen aber das Unglück ist unzählbar

Fortpflanzung

Die Paarungszeit des Schneeschuhhasen beginnt im Frühling mit einer Hochzeitsparade, die vierundzwanzig Stunden dauert. Sie wird auch Rammelzeit genannt. Im Laufe dieses Tages machen sich die Häsin und der Rammler gemeinsam auf Nahrungssuche. Es folgen Zwischenspiele mit lebhaften Verfolgungsjagden und Sprüngen. Dabei kann es sogar vorkommen, dass das Weibchen mit einem Anwärter kämpft. Wie bei einem Boxkampf auf ihren Hinterläufen aufgerichtet, verpasst sie ihrem Gegner bis zu fünf Hiebe pro Sekunde. Diese Art der Verteidigung erlaubt es ihr, den Verehrer zu prüfen. Die Eichel der Klitoris des Weibchens ist fast genauso groß wie die des Penis beim Männchen. Der erste Wurf besteht aus einem bis zu dreizehn Jungtieren, die für gewöhnlich einen Monat nach der Paarung zur Welt kommen. Am Tag nach der Geburt der Häschen, manchmal sogar einen oder zwei Tage davor, empfängt die Häsin erneut ein Männchen für vierundzwanzig Stunden. Sie besitzt zwei Uterushörner und kann sich durch Superfötation vermehren, bei der eine neue Schwangerschaft in einem Uterus entsteht, der bereits eine enthält. Dieser Zyklus wiederholt sich zwei- bis viermal pro Sommer. Von Geburt an haben die Jungen Fell und geöffnete Augen. Damit sind sie gerüstet, jederzeit die Flucht zu ergreifen.

Tag X + 4

Immerzu diese vage Erinnerung an Flucht, wenn sie aus dem Schlaf erwacht. Von Tag zu Tag intensiver. Der immergleiche Wald. Winter. Ein Schrei. Jemand ruft sie. Hinter ihr. Sie kann sich nicht mehr bewegen. Sich umdrehen. Gelähmt. Glasiert. Sie hört Schritte. Ein Knirschen im Schnee. Geflüster. Knackende Zweige. Sie würde gerne sehen, wer sich nähert. Ein Schatten. Riesenhaft. Eine Hand in ihrem Rücken. Doch das Trugbild verflüchtigt sich. Ihre Augen sehen verschwommen. Sie wacht auf. Außer Atem. Verscheucht die beklemmenden nächtlichen Erinnerungen.

Das Zifferblatt zeigt 4:32 Uhr. Sie hat nur ein paar Minuten weniger geschlafen als gestern.

– Am Anfang wird die benötigte Schlafdauer drastisch abnehmen, um ein oder zwei Stunden pro Tag. Aber nach der vierten oder fünften Nacht wird es sich allmählich einpendeln. Machen Sie sich deshalb bitte keine Sorgen …

Es ist viel zu früh, um zur Arbeit zu gehen. Wieder derselbe Ablauf. Diane flieht die Stille von einem Zimmer zum anderen. Vermeidet Spiegel. Zum Warten verurteilt, fühlt sie tiefe Frustration in sich aufsteigen. Sie hätte nie gedacht, dass zu viel Zeit zu haben eine Herausforderung werden könnte. Sie weiß nicht, was sie tun soll. Ein Abgrund klafft vor ihr. Die Schwärze saugt sie an.

Schließlich hält sie es nicht mehr aus und schaltet den Fernseher ein. Zappt mindestens zwei Mal durch alle Sender. Bleibt bei einer Tierdokumentation hängen. Auf dem Bildschirm ist eine der letzten Präriehund-Kolonien im Süden der Provinz Saskatchewan zu sehen. Gebannt steht sie vor dem Bildschirm. Sieht den Erdhörnchen interessiert zu, wie sie sich spitze Schreie ausstoßend auf die Hinterbeine stellen, im Gelände umherstreifen, seitwärts hüpfen, hier und dort an etwas knabbern und zeitweilig unter der Erde verschwinden. Unbewusst tut Diane es ihnen nach und macht Bewegungsübungen. Rumpfbeugen. Liegestützen. Die Dokumentation geht weiter. Sie stellt ihr Fitness-Bike vor den Fernseher im Wohnzimmer. Strampelt und strampelt und strampelt. Bis sie aus sich selbst heraustritt.

Mit wackligen Beinen hört Diane gegen 7:00 Uhr endlich auf und macht sich fürs Büro fertig. Sie duscht ausgiebig lauwarm. Wäscht alle Spuren von Müdigkeit ab. Zieht sich frisch an. Dabei bemerkt sie ein Dutzend neuer roter Haare in ihrer blonden Mähne. Fassungslos unterzieht sie ihren ganzen Kopf einer sorgfältigen Inspektion, bevor sie jedes einzelne mit einem entschlossenen Ruck ausreißt. Sie schminkt sich. Wieder zwei Schichten Make-up. Frühstückt. Und los geht's. Sie schlägt denselben Weg ein wie gestern. Setzt ihre Füße auf dieselben Stellen. Ihren Schatten auf ihren Schatten.

Im Büro angekommen macht Diane sich nicht die Mühe, irgendjemanden zu begrüßen. Sie stürzt sich sofort in die Arbeit. Bemerkt nicht, wie die Stunden vergehen. Vollkommen in ihre Tätigkeiten versunken gönnt sie sich keine Mittagspause. Gegen 18:00 Uhr dringt ihr Chef unbemerkt in ihr Büro ein. Seine Begrüßung schreckt sie auf. Er verströmt einen noch aufdringlicheren Geruch als gestern.

– Wie lange sind Sie schon hier?

– Ein paar Minuten. Nur ein paar Minuten, sagt er, wie gebannt.

– Was wollen Sie?

– Ach, ich habe mir nur einen Spaß daraus gemacht, dich zu beobachten. Du sahst so beschäftigt aus. Ich mag Angestellte, die mit Leib und Seele bei der Sache sind. Welche Akte bearbeitest du denn so eifrig?

Diane lächelt kurz, ohne zu antworten, aber ihr Bauch zittert noch. Ob ihre Kollegen die Firma schon verlassen haben? Sie blickt zu ihrem Vorgesetzten auf und betrachtet aufmerksam sein Gesicht. Seine lauernden Augen. Seine leicht gekräuselte Nase. Als ob er ihren Geruch wittern würde. Dann kommt er ohne Vorwarnung ganz dicht an sie heran und streift ihre Schulter mit seiner Hüfte. Diane springt von ihrem Stuhl auf und weicht einen Schritt zurück. Ihr Chef lacht schallend.

– Aber, aber, sei nicht so scheu, Diane. Komm, ich lad dich zum Abendessen ein. Du hast genug geschuftet.

Er nimmt ihren Mantel von der Garderobe und hält ihn ihr hin. Diane fühlt sich verpflichtet. Bis zum heutigen Tag hat ihr Chef ihr noch nie etwas angeboten. Das muss das Zeichen für eine Beförderung sein. Sie nähert sich ihm vorsichtig und wendet ihm den Rücken zu. Während er ihr in den Mantel hilft, lässt er seine Hände langsam über ihre Hüften gleiten. Er schließt seine Arme um sie. Diane tritt auf der Stelle. Sie ist sich nicht sicher, ob sie sich bei diesem plötzlichen Kontakt wohlfühlt. Ihre Härchen auf den Armen richten sich auf. Schauder rieseln ihr über den Rücken. Sie stößt ihn mit dem Becken von sich. Ihr Chef bricht in Lachen aus und gibt ihr den Weg frei. Sie verlassen das Gebäude unter dem angewiderten Blick des Wachmanns.

– Wohin gehen wir?

– Das ist eine Überraschung …

Im Taxi lässt er keinen Zwischenraum zwischen ihr und sich. Er setzt sich und rückt ihr breitbeinig auf die Pelle. Diane macht sich ganz klein auf ihrem Sitz, schlägt die Beine übereinander. Während sie die Stadt durchs Fenster entschwinden sieht, spürt sie eine unerträgliche Angst aufsteigen. Wohin bringt er sie? Sie hat das Gefühl, in der Falle zu sitzen. Ihr Chef legt eine heiße Hand auf ihr Knie. Diane krümmt sich noch mehr zusammen. Sie erstarrt.

– Sag, das stört dich doch nicht?

Er lacht. Seine Zähne sind unglaublich weiß. Wie gelähmt kann Diane sich nicht mehr rühren. Sie lässt zu, dass die Hand ihres Vorgesetzten sich in ihr Fleisch gräbt. Ein heißes Eisen auf der Haut einer Kuh. Sie halten vor einem Steakhouse an. Diane beruhigt sich. Immerhin gehen sie nicht zu ihm nach Hause. Beim Aussteigen gibt er ihr scherzend einen Klaps auf den Hintern. Diane würde gerne davonlaufen, aber die Hoffnung auf eine Beförderung ist so stark, dass sie sich zwingt zu bleiben. Im Restaurant scheinen die Kellner ihren Vorgesetzten gut zu kennen, denn sie bringen nicht einmal die Karte. Im Nu sitzen beide vor einem Glas Rotwein und einem blutigen Steak. Diane windet sich auf ihrem Stuhl. Ihr Chef beobachtet sie und bemerkt, dass etwas nicht stimmt.

– Alles in Ordnung? Magst du kein zartes Fleisch?

Nein! Überhaupt nichts ist in Ordnung. Diane schwitzt aus allen Poren. Ihr Blick wandert von ihrem Chef zu ihrem Teller zu ihrem Chef. Der Geruch des Steaks und der Gewürze schnürt ihr die Kehle zu. Er hat bereits mehrere Bissen in seinen Rachen geschoben. Absoluter Ekel. Nach ein paar Sekunden, die ihr ewig vorkommen, schafft Diane es endlich, ein Stück Fleisch abzuschneiden. Eine leichte Blutspur läuft über den weißen Teller und vermischt sich mit der Soße. Sie verschluckt sich fast daran; hat einen Würgereiz. Sie strengt sich doppelt an, um sich nicht zu übergeben, atmet durch den Mund, versucht zu kauen, resigniert jedoch. Mit einem spitzen Schrei der Erleichterung spuckt Diane den toten Fleischklumpen vor den entsetzen Blicken ihres Chefs auf den Teller.

– Es ... es ... es tut mir leid.

Diane stottert unzusammenhängende Worte, bevor sie aufsteht und eine momentane Unpässlichkeit vorschützt. Sie verlässt das Restaurant, ohne sich offiziell zu verabschieden. Schluss mit Begünstigungen. Schluss mit der Beförderung. Schluss mit Annäherungsversuchen. Sie lässt ihren verdutzten Vorgesetzten vor einem kaum angerührten Teller zurück.

Sie ruft nach einem Taxi, das glücklicherweise sofort anhält. Es gelingt ihr gerade so, dem Fahrer ihre Adresse zu nennen. Beschämt verspürt Diane dieses unbändige Bedürfnis, sich nach Hause zu flüchten. So schnell wie nur irgend möglich. In ihrem Mund fließt immer noch Blut. Sie fühlt, wie ihre Zähne das Fleisch in Stücke reißen. Ein unerträglicher Widerstand.

Das Taxi lädt sie vor ihrem Gebäude ab. Sie bezahlt wortlos und steigt aus. Um niemandem zu begegnen, nimmt sie lieber die Treppe als den Aufzug. In ihrer Wohneinheit angekommen, verriegelt sie die Badezimmertür doppelt und spült sich mehrmals den Mund aus. Der Nachgeschmack bleibt. Sie putzt sich mit aller Kraft die Zähne. Nichts hilft. Also stellt sie sich unter die Dusche. Bleibt eine Ewigkeit unter dem Wasserstrahl, um dieses Gefühl von Schmutz loszuwerden. Nachdem sie jede Stelle ihrer Haut abgeschrubbt hat, dreht sie das Wasser ab und nimmt ein sauberes Handtuch, um sich gründlich abzutrocknen. Im Halogenlicht entdeckt sie neue rote Haare im Schambereich. Drei. Und ungefähr fünfzehn neue auf dem Kopf. Während sie nach einer Pinzette sucht, vibriert ihr Telefon. Ihr Chef ist dran. Sie antwortet nicht. Eine Nachricht poppt auf: *Komm sofort zurück ins Restaurant. Ich erwarte dich. Der Abend ist noch nicht vorüber …*

Absolute Stille. Diane bleibt nackt vor dem Spiegel stehen. Sie bemerkt ihren verstörten Blick, die schlaffe Gesichtshaut, die Sommersprossen, die jetzt bis zum Hals gehen, ein gewisses ängstlich verzerrtes Grinsen, das sie an alte amerikanische Horrorfilme erinnert.

Diane antwortet ihrem Chef nicht. Nein! Sie schaltet das Telefon aus, schlüpft in ihren Schlafanzug und macht den Fernseher an. Vor einer Tierdoku des Senders National Geographic tritt sie in die Pedale ihres Fitness-Bikes. Um sie herum kommt eine leichte Brise auf, vor dem Hintergrund einer Prärielandschaft. Der Himmel ist blau. Vereinzelte Wolken ziehen darüber hinweg. Ihr Körper entspannt sich. Sie atmet tiefer. Langsamer. Fast glaubt sie, Vögel zwitschern zu hören, das blühende Kleefeld zu riechen und das Streicheln der Sonne auf ihrer Haut zu fühlen. Um 02:00 Uhr nickt sie ein, während sie weiterhin in die Pedale tritt, mit glasigen, halb geöffneten Augen. Von Weitem betrachtet käme man nie auf die Idee, sie könne schlafen.

Der Sturm der Krähen

Deine Eltern verkauften das Haus gegen Ende des Winters an Unbekannte. Sicherlich Fremde, die gleich zu Beginn des Frühlings mit der Fähre kommen würden. Dein Vater hatte Arbeit in der Stadt gefunden. Eure Abreise stand unmittelbar bevor. Es war nur eine Frage von Tagen. Ich hatte gehört, wie deine Mutter es meiner erklärte.

– Wir können nicht auf das Schiff warten. Wir werden ein Flugzeug nehmen und eine möblierte Wohnung anmieten. Der Umzugswagen wird die sperrigen Sachen im Frühling abholen. Es sind noch ein paar Einzelheiten zu klären.

Von dem Moment an, ich weiß auch nicht, warum, begann ich, dir nachzuspionieren. Am Abend, wenn es dämmerte, näherte ich mich dem Fenster deines Zimmers und hoffte, dich hinter dem Vorhang erspähen zu können. Eine flüchtige Erscheinung. Ein Foto, das ich für immer in meinem Gedächtnis behalten würde.

Am Vorabend eurer Abreise rief ich dich mehrmals an. Deine Mutter blieb jedes Mal freundlich mir gegenüber. Sie ersann eine fadenscheinige Entschuldigung, damit du dein Gesicht wahren konntest. Sie sah sehr wohl, was ich alles unternahm, um mich von dir zu verabschieden.

– Er ist gerade ins Bett gegangen, Diane. Ich werde ihm ausrichten, dass du angerufen hast. Ich bin sicher, dass er sich darüber freuen wird. Wir haben morgen einen anstrengenden Tag vor uns. Du wirst uns doch in der Stadt besuchen kommen?

Ich legte auf. Es war mein letzter Versuch. Ich hatte den Mut verloren, streckte die Waffen.

Dann, gegen Mitternacht, klingelte das Telefon. Für den Bruchteil einer Sekunde hörte mein Herz auf zu schlagen. Ich war sicher, dass du es warst. Ich sprang auf und nahm hastig ab. Anstatt deiner Stimme hörte ich die Schreie von jemand anderem.

– Es brennt! Ein Feuer ist ausgebrochen im Stall am Ende der Insel!

Es waren die Nachbarn von unten. Sie riefen meine Eltern zu Hilfe, die ich sofort weckte. Sie zogen sich in Windeseile an und sprangen auf ihr Schneemobil. Daraufhin kamen deine Eltern, um dich bei uns abzusetzen. Sie fuhren auf derselben Spur hinterher.

– Ihr beiden bleibt zuhause! Ihr habt dort nichts zu suchen, es könnte gefährlich sein. Habt ihr verstanden? Ihr bleibt zuhause!

Aber wir gehorchten nicht. Du hast mich gewissermaßen dazu gedrängt. Ich war nicht überzeugt von der Idee. Doch dann vergaß ich, dass es wahrscheinlich riskant war, dass das kein Ort für uns war. Ich war viel zu erleichtert, vor deiner Abreise noch etwas Zeit mit dir verbringen zu können. Meine Augen verrieten meine Angst, dir zu missfallen. Du holtest meine warmen Kleider, meine Ski-Doo-Stiefel und meine Stirnlampe aus der Garderobe und warfst alles im Eingang auf den Boden.

– Zieh dich an!

Ich spürte deine Aufregung in deinen abrupten Gesten. Ich ließ mich überzeugen. Seit Langem hatte ich dich nicht mehr so lebendig gesehen.

– Beeil dich! Los!

Das klang mehr nach einem Befehl als einer Bitte. Ich zog mich blitzschnell an. Wir verließen das Haus. Der Schnee fiel in großen, weichen Flocken vom Himmel herab. Das bildete einen Kontrast zu deinem Gluteifer. Zum Glück war es nicht zu kalt. Wir liefen los. Wir hatten gut dreißig Minuten vor uns. Es war nicht das erste Mal, dass wir die Insel im Laufschritt von Westen nach Osten durchquerten.

Du ranntest voraus. Ich, weit abgeschlagen, atemlos, hinterher.

– Mach langsam! Warte auf mich …

Ich sah dich in der Ferne verschwinden, von den sternförmigen Schneeflocken ausgelöscht. Der Schnee knirschte unter meinen Füßen. Beinahe hätte ich angehalten, aufgegeben. Doch ich hielt durch. Ich konnte dir das nicht antun. Ich sagte mir, dass ich wenigstens bis zur Kreuzung Basse-ville, Haute-ville kommen wollte. Dann würde ich eine Entscheidung treffen. Ich war mir nicht sicher, ob meine Kraft ausreichen würde, dir bis ans Ende zu folgen. Ich schmeckte Blut in meinem Mund, weil ich zu viel gerannt war.

Ich dachte nicht, dass du auf mich warten würdest. Zuerst bemerkte ich dich nicht, in deinem Versteck hinter der Statue der Heiligen Jungfrau. Du betrachtetest den Fluss wohl schon eine ganze Weile. Du schienst ganz versunken in die Nacht und das Eis. Der Mond war hinter den Wolken versteckt. Ich näherte mich und legte meine Hand auf deine Schulter, um dir zu zeigen, dass ich da war. Du drehtest dich langsam um. In deinen Augen sah ich das Felswatt. Den tosenden Strom. Ich spürte deinen Körper näherkommen. Deinen Atem. Deine Lippen. Deine Zunge. Die Stille.

Du hast dich zuerst von mir gelöst. Du nahmst meine Hände und legtest deinen Glücksbringer hinein, den kleinen goldenen Schlüsselanhänger.

– Das ist die Pfote von dem Hasen, den ich getötet hab. Ich geb sie dir. Für das, was kommt.

Zärtlich nahmst du mein Gesicht in deine Hand. Du sahst mich ein paar Sekunden lang an, ohne zu sprechen. Dann fordertest du mich auf, weiterzugehen.

– Komm, wir haben nicht mehr sehr lange.

Überwältigt von dem, was gerade geschehen war, sah ich erneut, wie du dich entferntest. Ich fühlte die Spur deiner Finger auf meiner Wange, eine tierische Wärme.

– Diane, komm mir nach!

Meine Knie waren weich; mein Atem kurz. Mir drehte sich alles im Kopf. Ich spürte noch deinen Atem, deine Arme. Ich fing wieder an zu laufen.

Fünfzehn Minuten später breitete sich in der Ferne ein orangefarbener Schimmer über den Himmel aus. Die Luft schien beinahe flüssig mit den Schneeflocken im Schwebezustand. Beim Näherkommen sah man die Funken weit in den Himmel wirbeln. Feuerfliegen mitten im Winter. Es war eine riesige Feuersbrunst. Du hast dich als Erster flach auf den Boden fallen lassen.

– Duck dich! Sie dürfen uns nicht sehen.

Ich gehorchte. Du knipstest deine Stirnlampe aus, dann meine. Wir krabbelten auf allen Vieren im Schnee, um nicht bemerkt zu werden. Aus einer Entfernung von etwa hundert Metern betrachteten wir auf dem Bauch liegend den Brand. Waren Zeugen dieser gleichzeitig unerträglich schönen und schmerzhaften Szene. Selbst so weit entfernt spürten wir die zunehmende Hitze auf unseren Gesichtern.

Ich sah dich an, ohne dass du es bemerktest. Widersprüchliche Gefühle verzerrten dein Gesicht. Deine Haut so weiß, deine Augen rund, dein Mund zusammengepresst, zuckend. Du schienst nicht zu atmen. Eine Träne rollte über deine Wange und grub ein kleines Loch in den Schnee. Ich wandte den Blick ab.

In der Ferne erkannte ich undeutlich unsere Eltern, die zusahen, wie der Löschwagen Wasser auf das angrenzende Haus spritzte, um es zu schützen. Ein stärkerer Wind kam auf. Das war bedrohlich. Ich glaube, dass die Eigentümer nicht einmal mehr versuchten, den Hof zu retten. Der halbe Stall stand in Flammen, das Feuer hatte sich rasant auf das gesamte Gebäude ausgebreitet. Winter bedeutet trockenes Heu.

Sicher hast du den Schrei als Erster gehört. Hinterher fragte ich mich, warum ich ihn nicht auch von Anfang an mitbekommen hatte. Das war frappierend. Die Besitzer mussten zu spät zur Stelle gewesen sein. Wahrscheinlich hatten sie das Vieh nicht mehr freilassen können. Das Feuer war zu mächtig geworden. Der Großteil der Tiere war vermutlich erstickt. Aber eines unter ihnen war noch nicht tot. Alle hörten es. Es. Sein Schrei zerriss die Nacht wie eine Machete. Es klang wie ein Weinen.

Ich drehte mich nach dir um; du warst nicht mehr neben mir. Ich kniete mich hin. Ich spähte in alle Richtungen. Nichts. Stille. Nicht der leiseste Hinweis darauf, wohin du verschwunden warst. Ich richtete mich ganz auf und lief deinen Namen rufend zu meinen Eltern.

– Was machst du denn hier?

Meine Mutter war wütend, nahm mich aber trotzdem fest in die Arme und sah mich prüfend an, um sicherzugehen, dass ich nicht verletzt war.

– Wir sind zu spät gekommen, Diane. Es war nichts mehr zu machen.

Mein Vater stand weiter weg. Er tröstete den Besitzer des Hofs, indem er ihm plump auf den Rücken klopfte, als ob das das Einzige wäre, was man zur Aufmunterung tun könnte. Der Bauer weinte hemmungslos. Er hatte soeben alles verloren, doch man spürte, dass es ihn am meisten quälte, mit anhören zu müssen, wie seine Tiere starben.

Ich begann, dich zu suchen, überall. Ich fragte alle anwesenden Personen, ob sie dich gesehen hatten. Sie verneinten.

Ich war vollkommen in Panik. Wo warst du nur? Du warst verschwunden.

Deine Eltern fanden dich nicht. Wir kehrten alle in unsere Häuser zurück. Meine Eltern durchsuchten unseres von oben bis unten. Ohne Erfolg. Ich blieb sitzen, stumm vor Angst. Ich ließ jede Sekunde unseres Abends Revue passieren, um dein Verschwinden zu entschlüsseln. Hatte ich irgendetwas Falsches gesagt? Welcher Glanz in deinen Augen war mir entgangen?

Wir warteten auf das Anbrechen der Dämmerung. Keiner wagte es, sich auszumalen, was passiert sein könnte. Draußen verschlechterte sich die Sicht zusehends. Windhexen wirbelten vor den Fenstern. Es war unmöglich, die Suche fortzusetzen. Es schneite heftig. Das unermessliche Weiß hüllte die Nacht in Watte. Ich stand auf, um aus dem Fenster zu sehen, in der Hoffnung, dass es aufklaren würde. Ich sah nichts als mein Spiegelbild. Es war wahrscheinlich die letzte geballte Ladung Schnee in diesem Winter, der Sturm der Krähen, wie wir das hier nennen. Ich begann, an diese schwarzen Vögel zu denken. An ihren durchdringenden Schrei. Das Krächzen. Die Krähen. Bald würden sie zurück sein, zusammen mit den Gartenammern. Wir würden sie zählen und dabei auf den Frühling warten.

Tag X – 34

Woche um Woche um Woche dieser Druck auf ihren Schultern den Kopf in einem Schraubstock eine andauernde körperliche und geistige Müdigkeit fehlende Energie dazu mehrmaliges nächtliches Aufwachen Schlaflosigkeit geistige Erschöpfung mangelnde Aufmerksamkeit wiederkehrende Albträume unwillkürliches Zähneknirschen Appetitlosigkeit Übelkeit wiederholte Krämpfe Ungelenkigkeit Hexenschuss steifer Nacken Schmerzen in den Beinen verspannter Kiefer Migräne Tinnitus Schwindel Herzrasen Bluthochdruck ein hartnäckiges Magengeschwür übermäßiges Schwitzen trockener Mund Hyperventilation Haarausfall Sehstörungen Ekzem Gedächtnislücken allgemeine Interesselosigkeit plötzlicher Rückzug Reizbarkeit Überempfindlichkeit eine tiefe Traurigkeit abweisendes Verhalten Wut schwindende Geduld nervöse Spannung zunehmende emotionale Distanz Selbstentfremdung Identitätsverlust wiederholte Angst- und Heulattacken Zukunftsangst Gürtelrose Furcht Pessimismus Traurigkeit Mutismus Niedergeschlagenheit Gekränktheit fehlender Selbstwert großes Schuldgefühl Prokrastination ständiges Gefühl des Versagens Verlust von vertrauten Wertvorstellungen unerklärliche Schmerzen in der Brust Allergien totale Resignation Einsamkeit chronische bakterielle Sinusitis Zynismus gesteigerter Kontrollzwang ausgeprägte Entschlusslosigkeit Rückzug auf sich selbst Abkapselung Vermeidungsverhalten komplette Abwesenheit jeglichen Sozialverhaltens erhöhter Konsum von Kaffee Alkohol Aufputschmitteln Fahrlässigkeit im Straßenverkehr Frustriertheit ein Übermaß an Impulsivität Feindseligkeit Aggression gegenüber dieser Frau gegenüber der Welt Verminderung der Empathie Paranoia Betriebsamkeit Eindruck völliger innerer Leere Ausgelaugtheit Unfähigkeit den Körper zufriedenzustellen Suizidgedanken unzählige Suizidgedanken

Territorium

Um sich in seinem Revier einzurichten, baut der Schneeschuhhase ein komplexes Netz aus Wegen und Rennstrecken, die sein Habitat auf ungefähr hundert Quadratmetern durchziehen. Er versucht nicht, sein Gebiet auszudehnen. Sommer wie Winter gibt er sich alle Mühe, seine angelegten Gänge zu pflegen, indem er sie sorgfältig von Ästen und Blättern befreit, die ihn sonst bei der Flucht vor Fressfeinden behindern könnten. Ungefähr alle zehn Jahre erfährt die Population der Schneeschuhhasen eine spektakuläre Fluktuation. Sie kann äußerst stark ansteigen, in Zahlen ausgedrückt auf fünf- bis sechshundert Hasen pro Quadratkilometer. Das Erstaunliche daran ist, dass diese Perioden des Überflusses in allen Verbreitungsgebieten des Schneeschuhhasen ungefähr gleichzeitig auftreten, unabhängig von den jeweiligen Entfernungen. Anschließend ist immer eine drakonische Dezimierung der Populationen zu verzeichnen. Obwohl die Ursachen für diesen Zyklus noch nicht geklärt sind, wird in der Forschung vermutet, dass das unzureichende Nahrungsvorkommen einer der wesentlichen Faktoren für die zyklische Abnahme der Populationen ist. Die Räuber-Beute-Beziehung, Parasiten und Erbkrankheiten gehören ebenfalls zu den möglichen Ursachen dieser Fluktuationen.

Tag X + 5

4:24 Uhr morgens. Jähes Erwachen. Diane sitzt immer noch auf ihrem Ergometer. Ihr Kopf liegt schwer auf dem Lenker. Ihre Hände halten nach wie vor die Griffe umklammert. Ihre Beine treten weiter in einem regelmäßigen Rhythmus in die Pedale, ohne Verbindung zu ihrem Gehirn. Sie hebt mühsam ihren Oberkörper. Richtet sich auf, Wirbel für Wirbel. Ein roter Abdruck bleibt auf ihrer Stirn. Anscheinend hat sie die ganze Nacht gestrampelt. Hat sie wirklich geschlafen?

Der Fernseher zeigt immer noch Bilder der Prärie im Loop. Oder genauer, einen ausgetretenen Trampelpfad, der sich zwischen blühenden Wiesen hindurchschlängelt. Halb wach stellt Diane sich vor, wie sie sich auf ein altes Rad auf dem Land schwingt. Ein sanfter Wind fährt ihr durchs Haar. Sie beschleunigt. Sie fährt an einer, zwei, drei Kühen vorüber, die friedlich grasen. Die Blüten verbreiten einen lieblichen Frühlingsduft. Das tut gut. Da, ein Murmeltier, das sich die Sonne auf den Pelz scheinen lässt. Schwuppdiwupp verschwindet es in einem Loch. Diane fühlt sich völlig entspannt. Sie fährt ganz ohne Zeitgefühl, von der Realität losgelöst.

Plötzlich, Erschrecken. Ein Fuchs erscheint auf dem Bildschirm. Diane stoppt abrupt. Instinktiv hört sie auf zu atmen. Duckt sich auf ihrem Sattel. Das Tier streift in einer Wiese umher. Schnüffelt am Boden auf der Suche nach etwas. Bestimmt Nahrung. Er macht sich eifrig daran, die Erde hinter einem Felsbrocken aufzuwühlen. Steckt seine Schnauze in das Loch. Wühlt weiter. Schließlich gibt er auf. Hebt den Kopf. Dieser Blick. Unvermittelt. Zur Kamera hin. Zu Diane. Diane, deren Körper erstarrt. Nur ihre Augen sind noch bewegungsfähig. Von links nach rechts. Von rechts nach links. Sie beobachtet alles, was sie umgibt. Kommt schlagartig in die Realität zurück. Auf ihrem Fitness-Bike sitzend. In ihrem Wohnzimmer. In ihrer Wohnung. In einem Hochhaus der großen Stadt. Sie versucht, sich nicht von den Bildern mitreißen zu lassen. Der Fuchs scheint näherzukommen. Das ist unmöglich! Endlich erblickt sie die Fernbedienung auf der Lehne des Sofas. Nur einen Meter entfernt. Sie bietet ihre ganze Konzentration auf, um den Bildschirm und den Verfolger zu ignorieren und stürzt sich auf den Zapper, um den Fernseher augenblicklich auszuschalten.

Schließlich lässt sie sich zu Boden fallen, kommt wieder zu Atem. Ihre Beine schmerzen. Wollen sich nicht mehr entspannen. Sie atmet schnell. Man könnte sogar sagen, sie hechelt. Ihr ganzer Körper zittert, als ob sie durchgefroren sei. Sie reibt ihre Waden, ihre Schenkel. Dehnt sich. Überlegt den Arzt anzurufen, um ihren Termin vorzuziehen. All die seltsamen Verhaltensweisen der letzten Tage hatte sie nie haben wollen. Nein. Vor der Operation hatte sie die ganze Liste der Nebenwirkungen, die der Eingriff auslösen könnte, von vorne bis hinten und von hinten bis vorne durchgelesen. Hatte mit zahlreichen Patienten weltweit auf Foren gechattet. Nie hatte jemand von derartigen Anomalien berichtet. Allerdings hatte sie die postoperativen Anweisungen zur Genesung nicht befolgt. Und wenn die Tatsache, früher ins Büro zurückgekehrt zu sein, der Behandlung wirklich geschadet hatte? Und wenn sie jetzt für immer so bliebe?

Diane versucht, sich zur Vernunft zu bringen und trägt die Fakten zusammen. Geringeres Schlafbedürfnis als davor. Viel mehr Energie und Vitalität. Bessere Konzentration. Genau wie man es ihr versprochen hatte. Das war ihr Wunschziel gewesen. Nie mehr müde zu sein. Mehr Aufgaben erledigen zu können. Mehr Zeit zu haben. Wahrscheinlich ist es noch zu früh, um auf eine Funktionsstörung zu schließen. Insgeheim jedoch weiß sie, dass etwas nicht stimmt. Ihr Körper, zu fieberhaft. Ein unaufhörliches Vibrieren, das alle ihre Extremitäten durchläuft. Das stärkere Herz. Sie hört seine Schläge bis in die Ohren pulsieren. Ihr Gesicht. Ihre geweiteten Augen. Ständig in Angst. Ihre sommersprossige Haut.

Diane fällt es schwer, aufzustehen. Ihre vom Radfahren gekrümmten Beine tragen sie nur mit Mühe. Sie steuert langsam aufs Bad zu, um sich vor der Arbeit zu waschen. Sie zieht sich aus, lässt ihre schweißgetränkten Kleider auf den Boden fallen. Als sie am Spiegel vorübergeht, bleiben ihre Augen an ihrem Spiegelbild hängen. Diane wendet sich prompt um. Betrachtet sich eingehender. Sämtliche Haare auf dem Kopf und am Körper sind über Nacht komplett rot geworden. Wie ist das möglich? Sie nähert ihr Gesicht dem Spiegel. Ihre Augen scheinen dunkler als gewöhnlich; die Sommersprossen markanter. Nach langen Sekunden perplexen Verharrens reißt Diane endlich ihren Blick vom Spiegelbild los und schließt die Tür der Dusche, um zu verbergen, was sie gesehen hat. Sie ist erschöpft und wie benommen. Diane lässt das Wasser über ihren Körper fließen. Hält nicht mehr länger an ihren Gedanken fest. Bemerkt kaum, dass sie nur einen feinen Strahl heißes Wasser eingestellt hat. Bildet sich eher ein, im Regen zu stehen. Lässt ihn in alle Poren ihrer Haut eindringen. In ihre Haare. Ihr Fell. Verliert das Zeitgefühl. Sie fühlt sich besser. Entknotet jeden einzelnen Muskel. Schüttelt sich. Kurz davor, in Trance zu fallen, dreht sie den Wasserhahn zu und tritt aus der Kabine. Sie trocknet sich ab und schlüpft in einen alten Bademantel.

Bevor sie das Bad verlässt, befällt sie dennoch ein leises Unbehagen. Das sich verstärkt. Eine Mischung aus Hunger und Schmerz. Sie geht einen Schritt zurück. Zwei. Drei. Ein plötzlicher Drang, auf die Toilette zu gehen. Sie gibt ihm nach. Als sie fertig ist und die Spülung betätigen will, hält Diane inne. Ihre Finger bleiben am Spülknopf kleben; ihre Augen starren auf den Inhalt der Toilettenschüssel. Sie denkt sofort an Nüsse. Ihr Bauch knurrt. Sie hat Hunger. Einen Riesenhunger. Sie steuert auf die Küche zu. Gierig stopft sie Erdnüsse und Trockenfrüchte in sich hinein. Aber nichts macht sie richtig satt. Völlig mit diesem Mangel beschäftigt, vergisst sie sogar, was am Tag zuvor passiert ist. Sie überspringt das Anziehen, Schminken und Sich-Herrichten, bevor sie ins Büro aufbricht. Diane schnappt ihre Umhängetasche, zieht jedoch keinen Mantel über und verlässt die Wohnung in ihrem alten weißen Frottee-Morgenmantel. Ohne sich ablenken zu lassen, begibt sie sich schnurstracks zur Arbeit. Nimmt denselben Weg. Dieselbe Strecke. Unter dem Pseudopelz fühlt ihr Körper keine Kälte. Ihre neuen roten Haare bilden einen merkwürdigen

Kontrast zu der blassen Farbe ihres Bademantels. Ihr Gehirn registriert weder das unverschämte Geflüster der Leute noch ihre entgeisterten Blicke.

Am Ziel angekommen, betritt Diane das Gebäude. Alle Augen sind auf sie gerichtet. Trotzdem spricht niemand sie auf ihren ungewöhnlichen Aufzug an. Ihre neuen roten Haare. Ihre Sommersprossen. Vermutlich eine grausame Rache für ihren Übereifer bei der Arbeit. Sie geht in ihr Büro, legt ihre Umhängetasche auf ihren Aktenschrank, setzt sich an den Computer. Allerdings passiert nichts.

Riss.

Ihr fällt keine Abhilfe gegen die vollständige Lähmung ein. Diane bleibt stumm und bewegungslos vor ihrem Bildschirm sitzen. Unzählige nicht gelesene E-Mails. Sekunden verstreichen, Minuten. Nichts bewegt sich. Ihre Finger laufen nicht mehr synchron mit der Tastatur, ihre Worte mit den eingehenden Anrufen ebensowenig. Irgendjemand, irgendetwas hat einen Finger tief in einen von Dianes Rissen gesteckt, daran gezerrt, um besser hineinzusehen, und sie dabei in zwei Teile gespalten. Der Wind fegt durch ihren Körper und stößt auf seinem Weg alle Ecken und Kanten um. Wehrlos den anderen gegenüber. Sich selbst gegenüber. Ihre Augen weinen, aber sie bemerkt es nicht einmal.

Die Kollegen rücken einer nach dem anderen an, um sie durch die Glastür zu beobachten. Manche lachen; andere sind fassungslos. Schließlich schütteln alle den Kopf und gehen wieder an ihre Plätze. Sie interpretieren das Gesehene als direkte Folge von Dianes Arbeitssucht. Niedergeschlagen bleibt sie mehrere Stunden lang so.

Gegen Ende des Vormittags stellt der von den Kollegen verständigte Chef ebenfalls Dianes beunruhigenden Zustand fest.

– Gehen Sie zurück an Ihre Arbeit! Das hier ist keine Zirkusnummer!

Während die Angestellten sich zerstreuen, betritt der Vorgesetzte Dianes Büro, ohne anzuklopfen.

– Diane. Diane … Diane!!!

Nichts zu machen. Stoisch starrt sie immer noch ihren schwarzen Computerbildschirm an. Daraufhin nimmt er ihr Gesicht in seine Hand und zwingt sie, ihm in die Augen zu sehen.

– Geh zum Arzt. Geh nach Hause. Tu etwas. Das geht nicht. Das geht überhaupt nicht.

In Dianes Kopf ergeben die Wörter gar keinen Sinn mehr. Die Laute haben sich voneinander gelöst. Sie scheint nicht mehr dieselbe Sprache zu sprechen. Sie stößt einen ersten lauten und durchdringenden Schrei aus. Überrascht lässt ihr Chef sie los und weicht einen Meter zurück. Daraufhin kommen seltsame Laute aus Dianes Mund. Klagen, die an ein Tier erinnern, dessen Pfote in einer Falle steckt.

Von einer solchen Situation überfordert, sieht ihr Chef sich um. Zeugen? Er denkt an den gestrigen Abend. Ob er zu weit gegangen ist? Sofort verjagt er diesen Gedanken wieder aus seinem Kopf.

– Ich rufe dir ein Taxi. Schnell, geh zurück nach Hause!

Der Vorgesetzte hält ihr die Umhängetasche hin, begleitet sie hinaus und schließt die Tür hinter ihr. Er wartet nicht einmal die Ankunft des Taxis ab und überlässt sie ihrem Schicksal. Diane bleibt allein draußen stehen. Ihr Gehirn schlägt in Endlosschleife

Bilder vor, die sie nicht wiedererkennt. Ihr Instinkt, abgekoppelt von ihrem Gedächtnis, bringt sie nicht nach Hause zurück.

In dem Moment, in dem Diane sich der Länge nach aufs Trottoir legen will, schreit eine Krähe. Diane schaut gebannt zum Himmel. Der Vogel sitzt auf einem Reklameschild. Er krächzt auf die Passanten herab, als stieße er eine einseitige Diskussion an. Auf dem Werbeplakat erkennt Diane einen Weg, der in einen Wald führt. Ein vertrauter Ort, endlich. Instinktiv setzt sie sich in Bewegung, geht im Zickzack zur nächsten Métro-Station und stürzt sich in den Eingangsschlund. Sie hastet die Treppe in mehreren Sätzen hinunter. Die Nähe von Decke und Wänden wirkt sofort beruhigend. Sie verlangsamt das Tempo. In Fahrtrichtung der Station Viau steigt Diane in die eingefahrene Métro, setzt sich in eine Ecke und wartet bewegungslos. Ihre weit geöffneten, in ihre Schädelhöhle eingegrabenen Augen wandern in alle Richtungen. Zu dieser Tageszeit sind nur sehr wenige Menschen unterwegs: ein Kind und seine Mutter, eine alte Frau, ein Stadtstreicher. Niemand scheint es eilig zu haben. Diane sieht die einzelnen Stationen am Fenster vorbeiziehen, als gehöre sie einer anderen Welt an, als hätte sich ihr Bild soeben von der Seite gelöst.

Am Ziel angekommen, verlässt Diane langsam die Métro, steigt Stufe für Stufe nach oben und bewegt vorsichtig die Drehtür. Verängstigt nimmt sie zuerst Witterung auf, sieht daraufhin nach beiden Seiten, setzt einen Fuß auf, dann den anderen. Zum Glück erkennt Diane in der Ferne die große silbrige Kuppel des Naturkundemuseums. Sie bewegt sich darauf zu.

Im Nu ist sie dort. Sie öffnet die Tür und geht hinein. Keine Warteschlange. Sie bezahlt ihre Eintrittskarte und dringt in die Laurentischen Wälder ein.

Wohlgefühl. Gelassenheit. Es riecht nach toten, sich zersetzenden Blättern und nach Pilzen. Es gibt nur wenige Besucher. Die meisten zieht es in die tropische Abteilung. Diane macht den ganzen Rundgang, endlich in Frieden. Lässt sich von den Vogelstimmen, dem Rauschen eines kleinen Wasserfalls wiegen. Ihr Gehirn beginnt wieder zu funktionieren, ihre Gedanken klären sich, ihr Gedächtnis ebenso. Sie erinnert sich an alles, was sie getan hat. Ihre roten Haare. Die Sommersprossen. Das Büro. Nicht angezogen. Die Kollegen. Die Häme. Ihren Chef. Gestern. Seine Hand. Das Steak. Das Blut. Im Teller. Auf ihrer Haut. Den Schmutz. Sie löscht alles aus ihrem Gedächtnis.

Sie nutzt einen unbeobachteten Moment, um über das Sicherheitsmäuerchen zu steigen. Sie nähert sich einer Gelb-Birke. Ihr Gesicht berührt die raue Baumrinde. Das erinnert sie an ihre Kindheit. Sie presst ihr Ohr an den Stamm. Ihr ist, als höre sie das Pulsieren des auf- und absteigenden Safts. Diane geht auf die Knie und nimmt ein bisschen Erde in ihre Hand, riecht daran. Sie verteilt sie auf ihren Vorderarmen, ihren Wangen, ihrem Hals, um ihren aseptischen Geruch loszuwerden. Sie dringt seelenruhig tiefer in den Wald ein, um ein blickgeschütztes Plätzchen zu finden. Eine majestätische Balsam-Tanne ragt vor ihr auf. Sie bricht einen Zweig ab und atmet den starken Tannenduft ein, der ihm entströmt. Sie setzt sich hinter einen großen Felsbrocken und kauert sich zusammen. Hier existiert die Zeit nicht mehr. Niemand kann sie stören. Endlich in Frieden, hockt sie mehrere

Stunden da, die Augen halb geöffnet, den Geist auf der Lauer, aber in Sicherheit.

Am Ende des Tages hört Diane Gelächter in der Ferne. Ihr Geist erwacht. Sicher Angestellte des Biodômes oder Wachpersonal, das seine Runden vor der Schließung dreht. Sie tarnt sich noch besser mit abgestorbenen Blättern und Erde. Die Lichter gehen aus, aber seltsamerweise kann sie sehr gut sehen. Es kehrt wieder Stille ein. Nur die nachtaktiven Vögel werden allmählich wach. Sie beschließt, den Wald und seine kleinen Bewohner zu erkunden. Sie steht langsam auf und streckt ihre Muskeln, die Wirbelsäule. Sie verlässt ihr Versteck und läuft los in den Laurentischen Wald. Sie wählt kleine Pfade und macht sich einen Spaß daraus, über die Felsblöcke zu springen. Eine Eule fliegt auf. Ein Waschbär nimmt Reißaus. Sie genießt es, jeden einzelnen Baum zu berühren. Schließt die Augen. Atmet ein. Atmet aus. Sie fühlt sich ganz frei, in ihrem Habitat.

Die Zeit verrinnt, grenzenlos. Am frühen Morgen, als sie überhaupt nicht darauf gefasst ist, trifft ein Lichtstrahl, der aus dem Nichts zu kommen scheint, ihre Iris. Gefolgt von einem Ausruf:

– Hey, Sie da! Stopp!

Ein Wachmann leuchtet mit einer Taschenlampe in ihre Richtung.

– Kommen Sie sofort da raus!

Auf der Stelle ist Diane in Alarmbereitschaft. Gefahr! Gefahr! Gefahr! In dem Moment, wo sie fliehen will, schnappt der Wachmann sie an der Schulter und zwingt sie, herauszukommen. Er begleitet sie entschlossen ins Freie. Kaum dass er die Tür geöffnet hat, schubst er sie auf den Gehweg. Diane fällt auf alle

Viere. Beim Aufstehen entschuldigt sie sich. Murmelt Erklärungen. Müdigkeit. Eingeschlafen. Ruhe. Batterien aufladen. Sorry. Doch der Mann schert sich nicht darum.

– Dieses Mal haben Sie Glück gehabt. Aber lassen Sie sich hier nie wieder blicken!

Der Verantwortliche des Sicherheitsdienstes schlägt die Tür zu. Diane ist wieder allein. Die Sonne ist noch nicht aufgegangen. Trotzdem weiß Diane ganz genau, welche Richtung sie einschlagen muss.

Der Lauf zum Felswatt

In der Morgendämmerung, als der Sturm sich beruhigt hatte, versammelten sich die Nachbarn im Schulhof. Ihr Plan war einfach. Einen Suchtrupp für die Insel aufstellen. Schnell handeln. Die Anwesenden in kleine Gruppen aufteilen. Die Suchgebiete abstecken.

Ich hob die Hand, um die Pointe-aux-Pins zu durchkämmen. Ich war sicherlich am geeignetsten dafür. Ich kannte dort jeden Winkel, jeden Pfad, jedes Versteck. Mein Vater wollte mich begleiten, wie früher, als wir wie immer nach der Springflut zusammen zum Felswatt liefen, um zu sehen, welche Schätze das Hochwasser dieses Mal angeschwemmt haben mochte, aber ich lehnte ab. Er bestand nicht darauf. Ich glaube, er las in meinem Blick, dass ich allein sein wollte, denn ich war nicht sicher, ob das Meer mir erlauben würde, dich zurückzubringen.

– Warum? Warum? Warum?

Ich zog mich warm an, schnallte meine Schneeschuhe um und machte mich auf die Suche nach dir. Der Mond stand hoch am Himmel. Seine nach oben gebogenen Hörner verkündeten schlechtes Wetter. Ich ging in den Wald hinein; darin war es noch dunkel. Ich leuchtete mir mit meiner Stirnlampe einen Weg und vertrieb die Dunkelheit vor meinen Füßen. Später, bevor ich den Pfad zum Ufer einschlug, machte ich oben auf dem Hügel Halt. Ich ließ meinen Blick über die Insel schweifen. Von Weitem sah man fast keine Lichter mehr am anderen Ufer. Die Wolken schmückten sich mit den Farben der Morgenröte. In der Ferne schimmerten die Bergketten in einem matten Violett; weite Flächen des Himmels färbten sich wie durch Pinselstriche rosa, orange, gelb. Gleich würde die Sonne aufgehen, es war nur eine Frage von Minuten. Ich setzte mich und sah nach Osten, mit geschlossenen Augen, um nicht zu weinen. Das war der Moment, in dem ein erster Lichtstreif den Horizont in zwei Teile schnitt. Ich öffnete die Augen, um Kraft zu schöpfen aus seinem um diese Tageszeit sprühenden Glanz. Ein zweiter und ein dritter Strahl brachen durch. Dann trat ein Windfuß hervor, wie aus dem Nichts schickte die Sonne mehrere Strahlen im Gegenlicht durch die Wolken, eine über meinem Kopf geöffnete Hand.

Ich ertappte mich dabei, wie ich an den Frühling dachte. An den Geruch, der ihn ankündigt. An den aufweichenden Schnee, der die Erde auflockert. Das Eis, das schmilzt wie Kerzenwachs. Ich hoffte, dich hier zu finden, an dem hohen Punkt der Küste, an dem wir uns für gewöhnlich niederließen, um den Horizont zu betrachten. Wir fuhren an ihm mit dem Finger entlang, wie auf einer zweidimensionalen Kinderzeichnung. Eines Tages hattest du eine ernste Miene aufgesetzt und zu mir gesagt:

– Du weißt schon, dass die Erde flach ist?

Ich lachte und dachte, dass du Witze machst.

– Nein, das ist wahr. Hinter der Insel ist das Leben zu Ende. Wenn man drüber rausgeht, fällt man von der Erde runter.

– Ja, vielleicht … Aber wenn's wahr wäre, wie hättest du es dann bis hierher geschafft?

Du gabst mir keine Antwort. Im Grunde gingst du nie darauf ein, wenn ich nach deinem vorigen Leben fragte. Wovor warst du geflohen? Was wolltest du jetzt vermeiden? Warum hattest du so große Angst, die Insel zu verlassen?

Auf dem Boden sitzend, ganz alleine, fing ich an zu weinen, leise. Ich wusste es bereits. Du würdest nicht zurückkommen. Ich stand auf. Nachdem ich den Abhang hinuntergegangen war, bog ich nach rechts ein, in das Waldstück. Man musste den Kopf einziehen, um hineinzugelangen. Da, unter den großen Tannen, hattest du viele Hasen befreit. Im Übrigen war hier wieder eine Falle gestellt, die auf ihre Beute wartete. Der Metalldraht, versteckt unter Zweigen und Tannengrün. Es gab frische Spuren im Schnee. Der Hase schien nicht weit zu sein. Er war kurz vor mir hier vorbeigekommen. Ich bückte mich, um seinen Spuren zu folgen, die schnurstracks zum Ufer führten. Als ich aus dem Wald trat, schlug mir der Wind entgegen. Die Meeresströmungen bringen ihn mit sich und flößen ihm eine besondere Kraft ein, die nirgends auf der ganzen Insel so stark ist wie hier. Er wird geradezu zu einer Ausweitung des Eises.

Die Spuren hörten einfach auf. Genau an der Stelle, an der meine Füße standen. Was der Hase wohl gedacht haben mochte, als er aus dem Wald kam und dem Strom und dem Starkwind ausgeliefert war? Ob ihre Wucht ihn verschlungen hatte? Oder war er einfach umgekehrt? Ich tat ein paar Schritte vorwärts. Der Boden war übersät von gefrorenen Erd- und Eisklümpchen. Ich sprang auf eine Packeisscholle, dann auf die nächste. Die Eisschichten würden von einem Tag auf den anderen aufbrechen. Es war an der chaotischen Weise erkennbar, in der sie sich ineinanderfügten, und am Widerhall des Meeresrauschens in ihren Hohlräumen. Es konnte sich nur noch um Tage handeln, bis es der Springflut gelingen würde, das Felswatt vom Eis zu befreien.

Wegen der Kälte unfähig mich zu bewegen, betrachtete ich den Horizont. Das Wetter hatte sich ausgetobt. Am Ufer waren keine Spuren vom Sturm mehr zu sehen. Der Wind hatte alles fortgeweht. Ich begann nachzudenken. Was, wenn die Eisschichten exakt in diesem Moment aufbrächen, unter meinen Füßen, wo würden sie mich hinbringen? Würde ich lange mit der Strömung abtreiben? Mein Vater und mein Großvater hatten das mehr als einmal erlebt, als sie während eines Sturms mit dem Eiskanu unterwegs waren. Würde man mich viele Kilometer weiter heil wiederfinden?

Vielleicht warst du ja genauso weggegangen, ohne Spuren zu hinterlassen, auf rätselhafte Weise davongeflogen? Im Packeis verschwunden? Womöglich hast du die Insel verlassen, um ins Jenseits zu kommen? Um über den Rand der Erde zu fallen? Oder vielleicht hast du dich zum Rocher de l'Hôpital geflüchtet, wie diese verletzten Vögel? Ich sah angestrengt in diese Richtung, aber ich sah nichts.

Verzweifelt rief ich deinen Namen.

– Eugène! Eugène … Eugène.

Du hast mir nicht geantwortet. Du hast mir nie mehr geantwortet. Ich ging vom Packeis runter und machte kehrt. Ich wandte mich nicht um, bevor ich in den Wald eindrang, um zu sehen, ob du nicht wie durch ein Wunder dort wärst. Ich hörte etwas einstürzen, ein mächtiges Knacken. War es das Eis, das brach, oder war ich das? Das Meer nahm, was ihm zustand.

Ich ging den Weg auf meinen eigenen Spuren zurück. Ein Hase war gerade eben in die Falle gegangen. Er schrie. Ein seltsamer Laut, hoch, der an ein weinendes Kind erinnerte, das im Wald vergessen wurde. Ich näherte mich vorsichtig. Mit einem Mal stellte der Hase seine Bewegungen ein. Unergründlich sah er vor sich hin, mit offenen Augen. Ich nahm ihn sachte in meine Hände, um ihn auf meine Knie zu heben. Gewissenhaft befreite ich ihn aus der Schlinge. Ich inspizierte seinen ganzen Körper, um zu überprüfen, dass er sich nichts gebrochen hatte. Ich tätschelte ihn. Er verharrte mehrere Sekunden, bevor er verstand, dass er frei war. Er machte einen Satz. Einen zweiten. Bevor er zwischen den Tannenzweigen verschwand, drehte er sich zu mir um. Wir sahen uns eine Weile an, still, dann verschwand er ganz ruhig.

Man hat dich nie gefunden, Eugène. Trotz der Suchtrupps. Trotz der Polizei, die sich auch eingemischt hat. Trotz der Durchsuchungen auf dem niedergebrannten Hof. Die Springflut im Frühjahr hat keinen Körper angeschwemmt. Dein Verschwinden ist für immer ein Rätsel geblieben. Deine Eltern zogen fort wie geplant. Ich verließ die Insel, sobald ich konnte. Auf dem offenen Wasser dahinter fiel ich nicht von der Erde runter. Die Fähre behielt ihren Kurs bei. Am anderen Ufer angekommen, zog ich weiter nach Westen. Ich entfernte mich. So weit wie möglich. Ich vergaß. Die Hasen. Die Fallen. Das Felswatt. Die Wege. Den Wald. Den Horizont. Die Morgendämmerung. Die Berge. Deinen Kuss. Dich. Mich.

Tag X – 7

Eines Morgens hält Diane alles nicht mehr aus den Stress den Kontrollzwang über ihr Leben ihre Arbeit ihre Abgründe ihre abnormen Gedanken ihre ständige Unzufriedenheit ihre Mittelmäßigkeit ihr wiederholtes Versagen und vor allem diese Frau in der Arbeit mit ihrer absoluten Perfektion sie erträgt ihre Anwesenheit die Konkurrenz ihre größere Leistungsfähigkeit nicht mehr Diane ist im Begriff vollständig auseinanderzubrechen ihre Einzelteile in den Betttüchern verstreut bevor sie aufsteht überdenkt sie alle möglichen Methoden ihrem Martyrium ein Ende zu machen es gibt keinen Ausweg mehr aus ihrem Nichts auf dem Weg zur Arbeit hält sie in einer Eisenwarenhandlung an um Messingdraht zu kaufen sie steckt ihn in ihre Umhängetasche geht zügig zur Arbeit schließt die Tür ihres Büros holt die Spule heraus legt sie auf ihren Aktenschrank setzt sich auf ihren Stuhl und wartet sie weiß nicht so recht worauf Diane sieht den Draht im Halogenlicht glänzen die Zeit kommt abhanden es ist gleich Mittagspause sie hat ihre Akten noch nicht angerührt mit keinem Kollegen geredet aber sie sieht sie alle zusammen zum Essen gehen neue Bruchstelle das ist endlich der Moment als sie glaubt dass alle gegangen sind entrollt sie mindestens drei Meter mit dem Ende formt sie einen Kreis der so groß ist dass ihr Kopf hindurchpasst wiederholt drei Mal dieselben Handgriffe damit es hält dann steuert sie auf den Garderobenhaken zu um das andere Ende durchzuschieben und zu verknoten doch als sie gerade den Ring um ihren Hals legen will stößt jemand an ihre Tür sie ist es wieder sie die Perfekte die sie so hasst ihre Kollegin öffnet die Tür ohne anzuklopfen und lädt sie ein mit den anderen zum Essen zu kommen Diane lehnt kategorisch ab aber die Frau sieht sie mehrere Sekunden lang eindringlich an ihre Augen wandern mehrmals von Diane zum Garderobenhaken zur Schlinge dann beginnt die Frau in ihrer Tasche zu kramen und zieht ein Notizheft heraus das sie auf das kleine Möbel gleich neben der Eingangstür legt daraufhin geht sie wieder ohne ein Wort zu sagen Diane widersteht kurze Zeit der Versuchung bis sie es sich gierig schnappt auf der Vorderseite das Foto eines Wildhasen Kontakt Adresse Telefonnummer einer medizinischen Klinik namens Génomixte sie schlägt es auf und blättert es schnell durch es ist eine Art Reha-Tagebuch Diane versteht nicht alle Einzelheiten Tag 1 weniger geschlafen Tag 4 gesteigerte Konzentration Tag 6 mehr Energie Tag 7 Rückkehr ins Büro Diane denkt nicht zu lange nach greift zu ihrem Telefon und wählt die Nummer die auf der Vorderseite steht alles ist geregelt sie hat einen Termin in einer Woche es gibt kein Zurück mehr Diane erlebt einen Augenblick der Fülle bei dem Gedanken endlich dem Horizont gewachsen zu sein.

Glücksbringer

Obwohl sein Fell überhaupt keinen und sein Fleisch nur einen geringen Marktwert haben, ist der Schneeschuhhase bei der Niederwildjagd beliebt. Mit dem Gewehr, mit einem Hund oder mit der Drahtschlinge ist der Hase relativ leicht zu fangen. Einige verzehren ihn oder verwenden sein Fell; andere behalten lieber die Pfoten als Glücksbringer oder Talisman, um die bösen Geister zu vertreiben. Die Hinterpfoten sind meist beliebter als die Vorderpfoten, weil sie größer und daher angeblich wirksamer sind. Um eine Hasenpfote zu präparieren, muss man sie zuerst mit einem Metzgermesser oder einer Knochensäge sauber abtrennen, dann in heißem Seifenwasser einweichen, gut abspülen, sie in einem Gefäß in Alkohol einlegen und achtundvierzig Stunden ruhen lassen, anschließend herausnehmen, in einer Mischung aus Borax und Wasser sorgfältig waschen, erneut abspülen und auf ein Handtuch legen, damit das Wasser verdunstet. Die getrocknete Pfote ist dann haltbar und bringt jedem Glück, der an sie glauben mag.

Zwischen Ebbe und Flut

In einer Reisetasche verstaut Diane das Allernotwendigste. Ein Kleid. Eine Hose. T-Shirts. Unterwäsche. Ein paar Nahrungsmittel. Ihre persönlichen Dokumente. Bevor sie ihre Eigentumswohnung verlässt, geht sie noch einmal durch alle Zimmer auf der Suche nach einem Erinnerungsstück, das sie mitnehmen könnte. Sie findet jedoch keines. Dieser Wohnraum, für den sie eine hohe Summe hinlegen musste, hat nichts mit ihr zu tun. Einzig und allein funktional, schwindelerregend in seiner ganzen unpersönlichen Weiße und Geradlinigkeit. Sie fragt sich, warum ihr das nicht schon viel früher aufgefallen ist. Es gibt hier im Grunde keine Spur von ihr. Nicht einmal im Spiegel erkennt sie sich wieder. Ihr Gesicht ist das einer anderen. Etwas an ihr hat sich verändert. Aber was genau? So viel sie auch sucht, sie findet keine Antwort. Es ist, als ob in ihrem Inneren Teile fehlten. Oder vielmehr scheinen sie plötzlich in einem anderen Verhältnis zueinander zu stehen, in einem unentwirrbaren Chaos. Sie fühlt sich verschoben. Ihre Füße, ihr Körper, ihr Kopf driften schon ab. Die Landschaft entfernt sich schnell. Sie setzt sich vor ihren Computer und öffnet ihr Mailprogramm. Schon hundertachtundzwanzig ungelesene; zweihundertvierundzwanzig Benachrichtigungen. Und das schlägt ihr direkt ins Gesicht. Kann der Mensch das noch lange aushalten?

Diane fängt eine neue Mail an ihren Vorgesetzten an. Im Betreff lediglich: *Wind.* Im Textfeld: *Noch mehr Wind.* Viel dröhnender Wind, der an die Scheibe seines verglasten Büros prallt, die unter dem Druck zerbirst und Scherben auf alle schleudert, mit denen sie seit so vielen Jahren zu tun hatte, ohne sie wirklich zu kennen. Senden.

Unsanft klappt sie den Computer zu und steht auf. Ohne Reue verlässt sie ihre Wohnung und schlägt die Tür hinter sich zu. Draußen wird der Berufsverkehr stärker. Man spürt, wie die Luft sich auflädt. Bevor sie in ihr Auto steigt, kommt sie an einem Obdachlosen vorbei, der auf dem Boden sitzt. Sicher derselbe, dem sie seit mehreren Jahren über den Weg läuft, ohne ihn wirklich zu sehen. Sie hockt sich vor ihn hin und streckt die Hand aus.

– Hier, nimm, das ist der Schlüssel zu meiner Wohnung. Ich schenk sie dir. Wohn drin. Bewohn sie besser als ich.

Der Obdachlose sieht sie an, verdutzt. Wahrscheinlich hat er noch nicht einmal geblinzelt, da sitzt sie schon in ihrem Auto. Diane lässt den Motor an, schaltet und fährt und fährt und fährt, immer weiter, um so schnell wie möglich aus der Stadt herauszukommen. Die auf beiden Seiten aufragenden Gebäude in ihrem Blickfeld weisen ihr den Weg. Bojen im Fahrwasser.

Auf der Brücke betrachtet sie den Strom, der unter ihr durchfließt. Der Wasserspiegel sinkt, sie auch. Sie fühlt sich wie das Wasser, das sich nach den starken Gezeiten langsam vom Gelände zurückzieht. Es wird viel angeschwemmter Müll liegen bleiben, aber morgen gibt es schönes Wetter.

Diane fährt ein paar Stunden lang weiter in Richtung Osten, ohne anzuhalten. Die Landschaft flieht durch die Frontscheibe wie in einem Film im Zeitraffer. Sie hält keine Bilder fest, gedankenverloren. Schließlich kommt der Abspann.

Auf der Höhe der Insel nimmt sie eine Ausfahrt Richtung Norden. Sie fährt direkt zur Anlegestelle und parkt, um auf die nächste Fähre zu warten. Sie ist die Erste in der Schlange. Diane steigt aus. Der Wind. Die Wasserfälle hinter ihr. Das Felswatt. Die Berge in der Ferne. Die Insel auf halbem Weg. Zum ersten Mal seit Langem kommt ihr eine Gegend derart vertraut vor. Seit damals war sie nie zurückgekehrt.

Die Stille ringsum wird von Tausenden, sich abwechselnden Gänserufen durchlöchert. Es ist Ebbe, aber die Flut ist schon im Anmarsch. Diane geht gemächlich aufs Felswatt zu. Die großen Vögel sind beschäftigt, stecken ihre Schnäbel in den Schlamm, um Binsenwurzeln zu rupfen; einige schauen nach oben, suchen nach dem Wind, warten auf einen Schrei, der den Horizont durchbricht. Aber er kommt nicht, noch nicht. Also stecken sie ihre Köpfe noch tiefer hinein.

Diane erinnert sich nicht daran, sich je so sehr als Teil dieser Landschaft gefühlt zu haben, an die Nähe der großen Schneegänse, als ob sie auf ihrer Haut herumwatscheln würden. Das muss es sein, was sie damals bei ihrem überstürzten Fortgehen vergessen hatte. Die Zugehörigkeit.

Sie setzt sich an den Rand des Kais, lässt die Füße baumeln und wartet. Der Wasserspiegel steigt, ruhig, verschlingt das Felswatt Zentimeter um Zentimeter, drängt das Territorium der Gänse zurück, wodurch diese gezwungen sind, näher an sie heranzurücken, bis es keine Grenze mehr gibt. Und mit einem Mal fliegen sie auf, wie eine Decke, die man zu sich herzieht. Eine erste, eine zweite, und weiter wie beim Domino. Der Himmel ist gleißend weiß. Die Schreie der Gänse hallen nach, ohrenbetäubend. Es fehlte nicht viel und Diane wäre mit ihnen aufgeflogen.

Von ferne kommt die Fähre näher. Die Anlegestelle belebt sich. Die Menschen strömen herbei, tauschen Neuigkeiten aus, über den einen und den anderen. Diane erkennt manche Inselbewohner wieder, einen Nachbarn ihrer Eltern, eine Cousine. Sie sind älter geworden, genauso wie sie selbst. Die meisten sind aus ihren Autos ausgestiegen und plaudern miteinander. Sie rückt ihre Kapuze tiefer ins Gesicht, zieht den Kopf ein, hofft, nicht erkannt zu werden. Doch zwischen zwei Orten bleibt kein Geheimnis ungelüftet. Es gibt keinen Fluchtweg, nur diese einzige Passage.

Selbst nach langjähriger Abwesenheit, trotz aller Veränderungen erkennt man ihre Züge, ihr Gesicht. Man geht auf sie zu. Man stellt ihr unzählige Fragen, die sie nicht beantworten will. Nicht sofort. Man überhäuft sie mit Klatsch, den sie nicht hören will. Nicht sofort.

– Weißt du, dass deine Eltern die Insel letztes Jahr verlassen haben?

– Wie geht's so in der großen Stadt?

– Ich wusste schon immer, dass du zurückkommst.

– Es war ihnen zu mühsam, sich weiter um das Haus zu kümmern.

– Es ist bestimmt fünfzehn Jahre her, dass wir dich nicht gesehen haben.

– Sie haben noch keinen Käufer gefunden.

– Bist du endlich über das Verschwinden von Eugène hinweggekommen?

*

Ich. Ich. Bei deinem Namen erstarrte ich. Ich fühlte meinen Körper in die Wattlandschaft zurückkehren. Ich bemerkte ihre Spalten. Ihre brüchigen Steinfelder. Seit wie vielen Jahren war ich so? Den starken Winden ausgesetzt? Verletzlich. Unfähig, mich wieder zu fangen. Mich zu kitten. Seit wann hatte ich nicht mehr an dich gedacht? An dich. Deinen Blick. Mich. Meinen Rückzug. Das Felswatt. Den Seetang. Deine Freiheit.

– Bleibst du lange auf der Insel?

– Ich glaub, ich hab einen Zweitschlüssel zu eurem Haus.

– Deine Eltern freuen sich bestimmt, wenn du anrufst.

– Ich seh euch noch beide, dich und Eugène, wie ihr ganz am Ende der Insel spazieren geht.

– Hier ist der Schlüssel. Nimm ihn. Ich komm dir Holz bringen. Kriegst du die Wasserpumpe allein wieder in Gang?

– Was für eine traurige Geschichte.

– Er wurde nie gefunden.

– Ich helf dir mit der Pumpe.

– Warum bist du zurückgekommen?

Ich wusste nicht, was ich antworten sollte. Ich hielt den Hausschlüssel fest umklammert. Ich wich den Fragen aus, genauso wie meiner Vergangenheit. Ich versteckte mich im Auto. Ich verriegelte die Türen, zwei Mal, um sicher zu sein. Ich tat so als ob. Als ob ich schlafen würde. Ich wusste nicht, welches Gesicht ich zeigen sollte. Welche Antwort ich den Leuten geben sollte. Ich hatte mich gerade erst wiedererkannt, wiedergefunden, nach so vielen Jahren. Ich war viel zu zerbrechlich. Ich brauchte Zeit, um mich zusammenzuflicken.

Die Fähre war abfahrbereit. Ich bekam ein Zeichen, anzufahren. Zusammen mit der ganzen Autokolonne wurde ich über die Rampe an Deck gelotst. Man zeigte mir, wo ich parken sollte. Ich stellte den Motor ab, zog die Handbremse an und stieg aus, um die Insel in der Ferne zu betrachten. Die Anker wurden gelichtet. Das Schiff begann im Hin- und Herschwappen der Wellen sanft zu schaukeln. Die Motoren brachten uns vom Kai weg. Der Kapitän, von den Landmarken geleitet, hielt den Kurs. Ich erinnerte mich. Als ich jung war, waren es keine Bojen, die die Fahrrinne begrenzten. Damals wurden bei Ebbe junge Ahornbäume gepflanzt, um dem Kapitän zu helfen, die Felsklippen zu umschiffen. Ich musste an kleine Menschenköpfe denken. Viele Menschenköpfe hintereinander aufgereiht, um uns die Richtung zu weisen.

Das Wetter klart auf

Ich sitze vor dem Haus meiner Kindheit auf der Veranda und atme. Der Strom fließt zwischen meinen Beinen durch. Meine Schultern entkrampfen sich, mein Nacken wird weicher, meine Beine entspannen sich. Ich warte auf die Gänse, die sich bis zum Tagesende auf dem Felswatt niederlassen müssten. Ich schließe die Augen und horche. Stille, oder beinahe. Der Strom hat einen ganz eigenen Klang, eilig an der Oberfläche, doch behäbig in seinen Tiefen. Eine Haut, die sich immerzu spannt und nachgibt, in unregelmäßigen Abständen. Es war mir nie zuvor aufgefallen, es ist, als atme auch er. Nun, da ich diese Musik wahrnehme, erfüllt sie die ganze Veranda, das Haus, meinen Körper.

Ich stehe auf und schnuppere am Horizont. Es riecht nach Schlamm und vermodernden Binsen, mit einer salzigen Note. An der östlichen Spitze der Insel führt das Meer Salzwasser. Dort müsste ich wieder einmal hingehen. Morgen vielleicht.

Im Haus hat sich nichts verändert. Meine Eltern haben mein Zimmer unangetastet gelassen. Die Zeitungsartikel über dein Verschwinden hängen noch an den Wänden. Meine alten Kleider sind im Schrank aufgereiht oder gefaltet in den Schubladen. Man könnte meinen, ich sei nie fort gewesen. Alte Fotos von mir sind an die Wand gepinnt, als sei ich nie älter geworden. Wie haben sie es geschafft zu überleben? Auch sie hatten ihre Tochter verloren.

Ich ziehe eine Wolljacke über und gehe hinaus. Der Nachmittag neigt sich. Es ist noch warm genug, um draußen zu bleiben. Ich drehe mich um und sehe den Wald, der nach mir ruft. Ich nehme einen Weg, der von der Veranda aus bis in den Wald hineinführt. Meine Eltern haben ihn mit kleinen weißen Steinen markiert. Früher gab es die noch nicht. Ich bin sicher, dass sie in der Dunkelheit schimmern. Ich gehe langsam weiter, nehme mir Zeit, alles um mich herum zu betrachten.

Am Waldrand angekommen, bücke ich mich, um hineinzuschlüpfen. Die Zweige sind über meinem Kopf ineinander verschlungen. Knotige, aber biegsame Finger. Immer noch vornübergebeugt dringe ich tiefer ein, wie in einen Tunnel, bis ich eine weite Lichtung erreiche. Das Geräusch meiner am Farn vorüberstreifenden Schritte umgibt mich. Der Geruch von sich zersetzenden Blättern, Feuchtigkeit und Flechten wirkt beruhigend. Es sieht aus, als hätten meine Eltern hier ein Schlafzimmer eingerichtet. In der Mitte liegt ein großer flacher Felsblock. Zu beiden Seiten wurden mehrere Steine als Nachttischchen aufeinandergeschichtet. Auf einem davon fällt mir etwas Glänzendes auf. Ich nähere mich. Es ist eine Hasenpfote, jene, die du mir gegeben hattest, an einem kleinen goldenen Schlüsselanhänger. Ich hatte ihn hiergelassen. Ich lege sie vorsichtig in meine Handfläche und fahre mir damit über die Wange. Sie ist immer noch genauso weich, genauso warm. Ich denke an meine Eltern. An dich.

Ich strecke mich auf einer Seite der Felsplatte aus, schaue in den Himmel. Die Kälte kriecht allmählich unter meine Jacke. Bald wird der Mond hoch stehen und ich werde in der Nacht liegen, wie ein Sternbild. Ich lasse mich vom Schrei der erwachenden Nachtvögel und vom Rauschen des Windes wiegen, der über die Baumwipfel streicht. Ich hatte vergessen, wie tröstlich diese Melodie war. Für einen Moment Windstille. Ich sinke in einen leichten Schlaf, ein paar Sekunden, Minuten …

Dann, raschelnde Blätter. Kurze, leichte Schritte. Ein wildes Tier. Ich stehe sofort auf. Ich habe Angst. Inzwischen ist es dunkel; meine Augen sehen sehr gut. Ein Mondstrahl bahnt sich einen Weg durch die Äste der großen Kiefern und scheint auf meine roten Haare. Ich gehe auf die Mitte der Lichtung zu, dorthin, wo der Himmel aufklart, und ich sehe den weißen Mond, wie die Sonne um die Mittagszeit. Es ist Vollmond und Schatten tanzen auf seiner Oberfläche.

Ich höre erneut Schritte hinter mir. Ein Knacken. Das Blut pulsiert in meinen Schläfen. Meine Sinne liegen auf der Lauer. Ich drehe mich einmal im Kreis, in höchster Alarmbereitschaft, und spüre ihn auf: den Schneeschuhhasen. Sein flammend rotes Fell. Seine langen, ungleichen Löffel. Sein vom Fluchtinstinkt angespannter Körper. Er knabbert die paar vereinzelten Grashalme ab, die den Winter überlebt haben. Ich gehe einen Schritt vor. Knacks! Ein kleiner, unter meinem Fuß brechender Zweig verrät mich. Wir sehen uns direkt in die Augen, das Tier und ich. Seine schwarzen, tiefen Augen. Er versucht, meine Witterung aufzunehmen. Kommt ein Stück näher. Ich auch. Die Grenzen fallen.

Langsam lege ich meine Jacke ab, dann mein Hemd, und lasse sie zu Boden fallen. Eine sanfte kühle Brise streichelt meinen Rücken. Ich fröstle. Ich ziehe ruhig meine Schuhe aus, entledige mich meiner Strümpfe, meiner Hose, meiner Unterwäsche. Meine nackte, milchige und helle Haut leuchtet wie die Reste eines Winterpelzes im Wald. Wild schüttle ich meine Haare. Meine Härchen richten sich auf. Für einen Augenblick fühle ich mich vollständig; ich gehöre zur Insel, im Einklang mit ihren Gezeiten, kein Riss mehr, von jeglicher Bindung befreit.

*

Der Hase beobachtet sie immer noch. Er nähert sich ihr. Auf seinen Hinterpfoten stehend, die Nase in der Luft, schnüffelt er an ihr. Ein elektrischer Schlag durchzuckt ihren ganzen Körper. Eine unvorstellbare Kraft. Unbeschreiblich. Die ihren Ursprung in ihrem innersten Sein hat. Sie geht in die Knie. Sieht sich um.

Dann der Motor eines Autos. Das Schlagen einer Wagentür. Stimmen in der Ferne. Ein Lachen.

Und sie läuft davon, mit dem Schneeschuhhasen.

Epilog
Die Legende

Eine Legende erzählt, dass vor langer, langer Zeit Menschen auf dem Mond lebten. Unter ihnen war eine außergewöhnliche Frau, die unermesslich weise war. Alle schätzten sie sehr und manche gingen zu ihr, um ihren klugen Rat einzuholen. Doch eines Tages beschlossen zwei Frauen aus Eifersucht, sie loszuwerden und stießen sie vom Mond hinunter. Sie fiel und fiel und fiel bis zur Erde, wo sie auf einer Insel landete. Dort begegnete sie den Inselbewohnern, die sie bei sich aufnahmen. Sie gaben ihr den Namen Nokomis. So lebte sie glücklich und erteilte ihre weisen Ratschläge.

Einige Jahre später wurde sie schwanger und gebar eine Tochter, die sie Winona nannte. Das Kind wurde größer und wuchs zu einem jungen Mädchen von seltener Schönheit heran. Alle Männer auf der Insel wollten sie zur Frau nehmen. Eines Tages, als sie allein im Wald spazieren ging, kam der Nordostwind, der seit einigen Tagen auf der Insel blies, vor ihrer Anmut jäh zum Stillstand. Ohne dass Winona es bemerkte, fing er an, sie zu beobachten. Durchs Laubwerk hindurch spionierte er ihr nach, hob ihr die Röcke und Haare hoch, schlich unter ihre Kleider. Irgendwann konnte er nicht mehr an sich halten, schloss sie gewaltsam in die Arme und brachte sie weit fort. Auf dem Festland sperrte er sie in eine kleine Hütte in den Bergen und verriegelte die Tür, damit sie nicht entwischen konnte, während er auf der Erde blies. Alarmiert vom plötzlichen Verschwinden ihrer Tochter begann Nokomis, sie überall zu suchen, aber vergeblich. Winona hatte sich scheinbar in Luft aufgelöst. Nokomis war untröstlich. Sie fing an zu beten, Anrufungen zu erfinden, in der Hoffnung, dass sie zurückkäme. Eines Morgens erhob sie verzweifelt den Blick zum Himmel und rief den Manitu an, ihr bei der Suche nach ihrer Tochter zu helfen. Da erblickte sie einen großen Adler, der über der Insel kreiste. Sie rief ihm zu, er möge herabfliegen. Oben auf einem Baum sitzend fragte der Adler, warum sie so traurig sei. Nokomis erzählte ihm vom Verschwinden ihrer Tochter. Da antwortete er ihr:

– Weine nicht. Ich weiß, wo deine Tochter ist. Der Nordostwind hält sie gefangen. Er sperrt sie ohne Wasser und ohne Essen in eine Hütte, während er anderswo auf der Erde weht. Und wenn er zurückkommt, schlägt er sie brutal.

Nokomis erstarrte. Sie bat den Adler, ihr zu helfen.

– Du bist der Einzige, der weiß, wo sie wohnt. Mach ihr die Tür auf. Ich werde den Nordostwind rufen und ihn beschäftigt halten, solange du sie befreist.

Der Adler war einverstanden. Nokomis stimmte ein sehr altes Lied an, um den Wind anzulocken. Der Adler flog ins Gebirge. Nokomis musste lange singen, ehe der Wind endlich antwortete. Erst ganz schwach, dann stärker. Also stellte sie ihm eine Falle. Sie schuf eine große Puppe von berückender Schönheit, die sie bei Ebbe aufs Felswatt legte, und wartete darauf, dass der Wind sie entdeckte. Eine, zwei, drei Windböen. Der Wind begann, die Puppe zu umkreisen, um sie mit sich zu nehmen. Doch auf dem Fluss bildeten sich Schaumkämme und er schwoll so stark an, dass sie in die Tiefe gerissen wurde. Das Wasser spuckte sie nicht mehr aus. Der wütende Wind blies heftig über die Insel, um sich zu rächen. Er biss die Erde auf, entwurzelte die Bäume. Nach drei Tagen und drei Nächten, müde und gereizt, zog er sich plötzlich zurück und überließ es den Bewohnern, die Schäden, die er auf der Insel angerichtet hatte, zu reparieren.

Mehrere Wochen vergingen. Eines Morgens hörte Nokomis hoch oben im Himmel einen Adler kreischen. Er war es. Er war zurückgekommen. Dann eine Stimme, fast unhörbar, die sie sofort wiedererkannte. Es war ihre Tochter. Winona kam auf sie zu, zerbrechlich, müde, krank und kurz vor der Niederkunft. Nokomis nahm sie mit nach Hause, um sie zu umsorgen. Winona brachte zwei Tage darauf ein Kind zur Welt, überlebte jedoch die Geburt nicht. Nokomis nahm das Kind in die Arme, wickelte es in Tücher, legte es im Wald auf den Boden und bedeckte es mit einem Weidenkorb, um es vor dem Nordostwind zu verbergen. Und sie trauerte um ihre Tochter, lange, während sie das Kind allein ließ.

Nach ein paar Tagen schrie das Baby vor Hunger immer lauter. Da erwachte Nokomis aus ihrer Betroffenheit und lief eilends zu dem Kind. Sie schloss es in ihre Arme und schmiegte es an ihr Gesicht, um es zu trösten und zu beruhigen. Es war jedoch kein Baby, das sie in den Händen hielt, sondern ein weißer Hase. Verdutzt sagte sie sich, dass dies Manitus Strafe sei, weil sie sich nicht um das Kind gekümmert hatte. Also wiegte und wiegte und wiegte sie es und sang ihm dabei vor:

– Mein Häslein, mein Häslein.

Nanabozo, der von Manitu auf die Erde Gesandte, um die Menschen die Weisheit zu lehren, war geboren. Mit seiner Fähigkeit, jede beliebige Gestalt anzunehmen, hatte er sich in einen Hasen verwandelt, anfangs, um sich von den frischen Kräutern zu ernähren, die rings um ihn wuchsen, später jedoch, um Nokomis zu bestrafen, weil sie ihn allein gelassen hatte.

Seit jener Zeit erscheint Nanabozo der Legende nach all denen, die sich verirrt haben, in Gestalt eines Hasen.

Dank

Mein Dank geht an Louis, Lucie, Madeleine und Odile für ihre kontinuierliche Unterstützung und die Zeit, die sie mir schenken, damit ich schreiben kann. Außerdem danke ich allen, mit denen ich wundersame Gespräche rund um meine Vorstellungswelt und meine Figuren führen durfte.

*

Die Legende ist eine freie Nacherzählung einer Geschichte der Algonkin, die Alanis Obomsawin 1970 im Radio der CBC/Radio Canada präsentierte. Sie erzählt Nanabozos Herkunft.

Quelle (in englischer Sprache):
https://www.cbc.ca/player/play/1527775827

Nanabozo – Nanabozho, Winabozho, Nanabush oder auch Michabou – ist eine mythologische Figur, die den kosmologischen Traditionen der Algonkin-Völker entspringt. Vielgestaltig und keinem bestimmten Geschlecht zugeordnet kommt er oder sie am häufigsten in der Gestalt eines Hasen vor. Vom Großen Geist Manitu auf die Erde geschickt und des Öfteren mit dem Schöpfungsmythos der Erschaffung der Welt verknüpft, erscheint Nanabozo mal als Wohltäter oder Lehrer, mal als Spaßvogel.

Anmerkung der Übersetzerin

Bei der im Roman beschriebenen Insel handelt es sich um die im Motto genannte »Isle-aux-Grues«, zu Deutsch: »Kranich-Insel«. Eigentlich müsste sie »Kanadareiher-Insel« heißen, doch die Menschen, die darauf wohnen, nennen die dort vorkommenden Reiher eben »Kraniche«. Auch sonst gibt es auf dieser 7 km langen und 2 km breiten Insel im Sankt-Lorenz-Strom, nordöstlich von Montréal und Québec-Stadt, ein besonderes, teilweise volkstümliches Vokabular für Wetter- und Naturphänomene im Felswatt *(battures)*, mit dem Mireille Gagné vertraut ist, denn sie stammt von dort. In seiner Bildlichkeit erzählt es so anschaulich vom naturnahen, aber auch unwirtlichen, den extrem starken und unregelmäßigen Gezeiten unterworfenen Leben der Insulaner, dass es hier keiner erklärenden Wortliste bedarf.

Birgit Leib

© Laurence Grandbois Bernard

Mireille Gagné, geboren 1982 auf der Isle-aux-Grues, lebt als Schriftstellerin in Québec. Sie studierte Kommunikationswissenschaften, hat vor allem Lyrik und Kurzgeschichten veröffentlicht und wurde dafür mehrfach ausgezeichnet. *Häsin in der Grube* ist ihr Debütroman.

Geschichten aus Kanada

Waubgeshig Rice Mond des verharschten Schnee

Roman

Sie haben die größte Katastrophe eigentlich schon hinter sich: Die Familien der Anishinaabe wurden aus ihrer Heimat in ein Reservat vertrieben, wo die Winter unendlich erscheinen. Und nun überschlagen sich die Ereignisse.

Aus dem kanadischen Englisch von Thomas Brückner
WAT 842. Broschiert. 224 Seiten

Kathy Page Alphabet

Roman

Simon Austen ist ebenso charmant und verführerisch wie undurchschaubar und manipulativ. Eine tickende Zeitbombe. Er durchbricht die Monotonie seiner Haft, indem er endlich Lesen und Schreiben lernt und mit seiner Therapeutin Spielchen treibt. Dabei überschreitet er immer wieder Grenzen.

Aus dem Englischen von Beatrice Faßbender
Quart*buch*. Gebunden mit Schutzumschlag. 320 Seiten

Kathy Page All unsere Jahre

Roman

Aus einem langen, gemeinsam verbrachten Leben erzählt dieser Roman das Außergewöhnliche im Gewöhnlichen: die ungleiche Liebe zweier ungleicher Menschen.

Aus dem Englischen von Beatrice Faßbender
WAT 843. Broschiert. 336 Seiten

Michelle Winters Ich bin ein Laster

Roman

Eine rasante Kriminalliebesgeschichte im kanadischen Nirgendwoland, voller lustiger Begebenheiten und kurioser Wendungen. Und mittendrin der Kulturkampf zwischen unüberbrückbaren Gegensätzen.

Aus dem kanadischen Englisch von Barbara Schaden
SVLTO. Rotes Leinen. Fadengeheftet. 144 Seiten

Junge Autoren bei Wagenbach

Matthias Lohre Der kühnste Plan seit Menschengedenken

Roman

Er ist höflich und voller Pläne, sie direkt und voller Zweifel. Irene und Herman begegnen sich 1925 auf einem Überseedampfer, verlieben sich in New York und kämpfen bald in Europa für einen gigantischen Plan. Sie wollen die Welt retten – durch das Absenken des Mittelmeers.

Quart*buch*. Gebunden mit Schutzumschlag. 480 Seiten

Fernanda Melchor Paradais

Roman

Der Dicke war an allem schuld, das würde er ihnen sagen. Aber wer ist hier schon ohne Schuld? Der Roman der preisgekrönten mexikanischen Autorin Fernanda Melchor erzählt die Geschichte eines Verbrechens: roh, ohne tropische Restmagie, ein schneller, heftiger Schlag.

Aus dem mexikanischen Spanisch von Angelica Ammar
Quart*buch*. Klappenbroschur. 144 Seiten

Pola Oloixarac Wilde Theorien

Roman

Eine Studentin bedrängt ihren Professor auf den Gängen der Fakultät, zwei superschlaue Trolle finden in ihrem Hass zueinander, und eine vergessene Theorie kann alles erklären. Eine philosophische Komödie über Macht, Verführung und die Schönheit der Niedertracht – barock, brillant-verrückt, erbarmungslos.

Aus dem argentinischen Spanisch von Matthias Strobel
Quart*buch*. Klappenbroschur. 256 Seiten

Wenn Sie mehr über den Verlag und seine Bücher wissen möchten, schreiben Sie uns eine Postkarte oder elektronische Nachricht (mit Anschrift und E-Mail). Wir informieren Sie dann regelmäßig über unser Programm und unsere Veranstaltungen.
Verlag Klaus Wagenbach Emser Straße 40/41 10719 Berlin
www.wagenbach.de vertrieb@wagenbach.de

Häsin in der Grube erschien im Herbst 2021
als 262. *SVLTO.*

Die französische Originalausgabe
erschien 2020 unter dem Titel *Le lièvre d'Amérique*
bei Editions La Peuplade in Québec.

We acknowledge the support of the Canada Council for the Arts. Nous remercions le Conseil des arts du Canada de son soutien. Wir danken dem Canada Council for the Arts für die Unterstützung der Übersetzung.

Canada Council for the Arts | Conseil des arts du Canada

© Editions La Peuplade, 2020
© Mireille Gagné, 2020
This edition is published by arrangement with Editions La Penplade in conjunction with its duly appointment agent Books And More Agency #BAM, Paris, France.
© 2021 für die deutsche Ausgabe:
Verlag Klaus Wagenbach, Emser Straße 40/41, 10719 Berlin
www.wagenbach.de
Covergestaltung Julie August unter Verwendung des Gemäldes »Archer« von Hannah Duncan © Bridgeman images. Gesetzt aus der Arno Pro und Brown Std.
Vorsatzpapier von peyer Graphic, Leonberg und Leinen von Gebr. Schabert, Strullendorf.
Gedruckt auf Schleipen und gebunden bei Eberl & Kœsel FinePrints, Altusried-Krugzell.
Printed in Germany. Alle Recht vorbehalten.

ISBN 978 3 8031 1361 0

9 783803 113610